앤의 오두막으로
오세요

우리문고 28
앤의 오두막으로 오세요 2021년 9월 10일 처음 펴냄 | 지은이 이남석 | 펴낸이 신명철 | 편집 윤정현 | 영업 박철환 | 관리 이춘보 | 디자인 최희윤 | 펴낸곳 (주)우리교육 | 등록 제 313-2001-52호 | 주소 03993 서울특별시 마포구 월드컵북로 6길 46 | 전화 02-3142-6770 | 전송 02-6488-9615 | 홈페이지 www.urikyoyuk.modoo.at

ISBN 978-89-8040-985-3 43810

*이 도서는 한국출판문화산업진흥원의 '2021년 출판콘텐츠 창작 지원 사업의 일환으로
국민체육진흥기금을 지원받아 제작되었습니다

친구들과 소통하며 스스로 고민을 해결하는 곳 ?!!

앤의 오두막으로 오세요

이남석 지음

우리교육

들어가면서

고민 해결의 주인공에게

저는 주로 청소년 교양 도서를 써 왔습니다. 청소년기와 청년기에 저와 가까이 지낸 지인들은 작가가 된 제 모습을 기막혀하고, 제가 쓰는 주제들을 보면 고개를 갸웃기립니다.

“네가? 누구에게? 뭘 이야기한다고?”

청소년 시절 저는 ‘시간아 어떻게든 가라’며 빨리 어른이 될 날만 손꼽아 기다렸습니다. 시간이 흐르면 몸이 성장하는 것처럼 마음도 성장하고 더 자유로워질 것으로 생각했거든요. 망상 속에서 시간이 모든 것을 저절로 해결해 주겠지 하며 막살았습니다.

그런데 현실은 만만하지 않았습니다. 청년기부터 계속 걸림돌과 벽에 부딪히는 기분이 들었습니다. 그 이유를 찾으며 심리학을 공부하게 되었지요. 그리고 공부로 알게 된 지식과 제 경험, 주변 사람들의 상담 내용을 합쳐 하나씩 책을 쓰게 되었습니다.

그동안 낸 책만 해도 꽤 됩니다. 자아 정체성, 사랑, 폭력, 진로,

영웅적인 삶, 리더십 등. 주제도 다양하지요. 제 인생에서 걸림돌이거나 커다란 과제였던 주제를 하나의 흐름으로 치우는 작업이었습니다. 저는 자신에게 많이 부족했던 것을 하나씩 삶 속에 채운 후 그 결과에 자신감을 얻은 후 한 권씩 써 왔습니다. 그러다 보니 각종 학교나 기관으로 강연을 다니게 되었습니다. 그런 강연에서 사회자는 으레 이렇게 말했습니다.

"여러분이 질문하면 작가님이 고민을 해결해 주실 거예요."

그런 말을 들을 때마다 속으로는 한숨을 쉬었습니다. 저는 고민을 들어 주고 조언해 줄 수 있는 사람이기는 합니다. 하지만 고민을 해결할 사람은 바로 질문한 청소년 자신이겠지요?

현실은 생각만으로는 변하지 않고, 당사자의 실천으로만 변한다는 사실을 제 삶을 통해서 질리도록 확인했기에 드리는 말씀이에요.

주인공인 청소년이 치열하게 고민하면 집을 떠났던 엄마가 갑자기 나타나고, 선생님이나 친구 등 주변 사람들이 나서서 문제를 해결해 주는 청소년 소설도 있습니다. 그런 소설은 대리 만족을 많이 느끼게 해서 영화화될 정도로 인기가 있습니다. 그렇다 보니 현실에서도 그런 일이 많이 있을 것 같다고 착각하게 됩니다.

착각. 현실에서는 청소년이 고민해도 현실적인 해결책을 이야기하는 사람은 적고, 해결해 줄 사람은 더더욱 없습니다. 슬픈 현실이지요. 그렇지만 그 현실이 싫다고 환상에 빠지면? 더 좌절하게 됩니다. 환상 속에서 '시간아 빨리 가라'라는 식으로 살면 현실을 변화시킬 도전의 기회도 사라지게 되니까요. 사라진 기회를 다시 만들려면 더 많이 노력해야 한답니다. 제가 그랬던 것처럼요.

이 책에는 청소년을 상담하는 청년들이 나옵니다. 그 청년들의 대답과 청소년의 고민은 제가 상담하며 직접 경험한 내용을 바탕으로 꾸몄습니다. 새로운 심리학 이론을 바탕으로 한 간단한 처방 중 실제로 효과가 있었던 내용을 우선 뽑았지요. 너무도 쉽게 변하는 모습에 때로는 청년들이 고민을 대신 해결해 주는 것처럼 보일 수도 있습니다. 하지만 자세히 보면 결국 고민 당사자인 청소년이 스스로 고민을 해결할 지점을 이해하고 실행해야 그 고민을 딛고 일어날 힘을 얻을 수 있다는 것을 알게 될 거예요.

이 책에는 다양한 고민이 나옵니다. 어떤 고민은 여러분 자신의 고민일 수도 있고, 주변 친구, 혹은 선후배의 고민일 수도 있습니다. 혹은 그 어느 것도 전혀 고민처럼 보이지 않을 수도 있습니다. 고민이라는 게 원래 주관적이니까요. 이 책에 모든 청소년의 고민을 넣을 수는 없다는 한계를 알고 있으면서 저는 왜 고민 상담에 관한 책을 내고 싶었을까요?

어떤 문제가 생겼을 때 혼자 끙끙대지 않고, 다른 사람의 조언을 들으며 스스로 나아지려 하는 마음은 그 어떤 고민을 해결하든 필요한 핵심 자세입니다. 그 자세를 이번 책에서 보여 주기만 해도 좋겠다 싶었습니다. 여러분은 그 자세를 가지고 노선할 고민 해결의 주인공이니까요.

이 책 1장의 주인공처럼 스킨십을 걱정할 필요가 없는 모태 솔로라고 해도 책 속 등장인물의 고민 해결 자세와 과정을 배울 필요가 있지 않을까요? 그 자세와 비결을 자신의 고민에 적용하면 좋지 않을까요? 상담 결과만이 아니라, 결과에 이르는 과정, 그리고 등장인물의 실행 포인트를 만드는 원리를 강조하고 싶었습니다. 그래서 이 책은 여느 상담 책과 다르게 지식 소설의 형태를 띠고 있습니다. 일방적으로 답을 제시하거나, 전문가가 대신 해결해 주는 게 아닙니다. 현실처럼 등장인물들이 함께 상호작용하면서 청소년이 고민을 해결하는 과정을 더 보여 주고 싶었습니다. 이 책이 부디 여러분의 고민을 해결하는 데 도움이 되기를 바랍니다.

늘 고마운 출판사 분들 이외에, 박한별에게 특별히 고마움을 표하고 싶습니다. 2018년 9월 서울시 성북시각장애인복지관 강연에서 만난 한별은 삶에 도전하는 해맑은 청소년이었어요. 그런 한별의 모습을 보며 이 책의 주인공 설정에 영감을 받았습니다. 한별의 도전을 응원하는 마음이 커지자 그들이 20대가 되면 할 일을 저절로 상상하게 되었습니다. 사회적 기업인 빌드 주식회사의 우영승 대표와 같은 모습이 떠올랐습니다. 그러자 이야기가 저절로 만들어졌습니다.

박한별과 우영승 대표에게는 공통점이 있습니다. 문제가 생기면 진지하게 고민. 고민에서 멈추지 않고 도전. 도전했다가 실패해도 툭툭 털어버리고 다시 도전. 도움이 별로 없어도 척척 또 실행. 만족한 결과를 얻었을 때는 환한 미소를. 실패해도 깨달음의 미소를. 그리고 당당하게 다시 도전. 새로 발견한 문제는 고민의 늪으로 이어진 길이 아니라, 신나게 내달릴 성장의 전환점이라는 듯이 말이죠.

이 책을 읽는 독자에게도 제가 영감을 받은 분들에게 느낀, 문제해결을 향한 도전의 힘이 전해지기를 바랍니다. 상담의 핵심은 심리학 지식은 물론, 자기 성장을 위한 전환점 찾기니까요.

이남석

차례

남자 친구를 좋아하지만 스킨십 요구는 불편해요

1.

"이제 시작하면 되나요?"

상담실에 들어와서도 상담사와 시선을 마주하지 않고 창문 아래로 비껴 누운 유월 초순의 저녁 햇살을 보던 오예나가 힘겹게 입을 뗐다. 상담사는 자신이 입고 있는 베이지색 블라우스보다 더 부드러운 느낌의 미소를 지으며 대답했다.

"네. 편하게 말하면 돼요."

방 한가운데 테이블 바로 위 조명에서 떨어지는 따뜻한 노란색 빛이 반사되어 예나 건너편에 앉은 상담사의 얼굴을 부드럽게 밝혔다. 상담하는 심리 카페라고 친구에게 소개받아 '앤의 오두막'에 들어올 때만 해도 상담사가 빨강머리 앤과 비슷하지 않을까 예나는 생각했다. 그러나 막상 상담사를 보니 앤의 친구 다이애나에 더 가깝다고 느꼈다. 그녀의 가슴에는 '상담사 박한별'이라는 명찰이 있었다.

박한별 상담사의 목소리는 밝았다. 그녀는 눈을 거의 감고 있었다. 눈웃음을 짓고 있는 것처럼.

"저는 오예나라고 해요."

예나는 자신의 고민을 조심스럽게 한별에게 털어놓았다.

예나는 고등학교 2학년이 되기 직전 겨울 방학 때 진로 문제로 스트레스를 많이 받았다. 스트레스를 받으니 많이 먹게 되었고, 몸에 무리가 왔다. 공부도 체력이라는 엄마의 강력한 추천으로 다이어트 겸 스트레스도 풀려고 주말 수영을 시작했다.

수영장에서 중학교 때 같은 반이던 남학생 강용수를 만나게 되었다. 처음 강용수를 알아보았을 때 반갑기는커녕 민망해서 서둘러 물로 들어갔다. 강용수를 겨우 피했나 싶었는데 이번엔 물이 턱 위로 차올랐다. 예나는 민망함이고 뭐고 살기 위해 격렬하게 발버둥 치는 수밖에 없었다. 연거푸 물을 먹어서 겁이 났다. 그때 갑자기 예나의 몸이 위로 들려졌다. 예나는 겨우 난간을 잡고 상체를 물 밖으로 내놓으며 켁켁 물을 토해 냈다. 정신을 차리고 보니 옆에서 강용수가 웃고 있었다.

"내가 네 목숨 살린 거다. 나중에 내 소원 들어줘야 해. 알았지?"

"뭐래?"

말은 그렇게 했지만 예나는 고마웠다. 그날 용수는 계속 예나에게 수영을 가르쳐 줬다. 중학교 때는 몰랐는데 자신보다 훨씬 성숙한 용수의 모습에 호감이 생겼다. 수영 시간이 끝나고 작별 인사를 나눌 때만 해도 그 호감은 흑역사와 함께 곧 사라질 것 같았다.

추운 겨울 날씨를 걱정해서 예나가 여유 있게 머리를 말리고 나왔는데 용수가 기다리고 있었다. 둘은 수영장 로비에서 한참 이야기를 나누고, 헤어지기 아쉬워 빵집으로 자리를 옮겨 이야기를 이어 갔다. 그리고 헤어질 때 번호를 교환했고, 집에 와서도 문자를 주고받았다. 그날 이후 하루하루가 쌓여 백일이 되었다. 으레 받았던 새 학기 스트레스도 남자 친구와의 만남으로 훨씬 줄어들었다.

용수가 노래방에서 힙합 노래를 할 때면 너무 멋져서 남들에게 이런 남자 친구를 사귀고 있다고 자랑하고 싶었다. 하지만 용수는 비밀 연애가 더 편하다며 조용히 둘의 사랑을 키워 가자고 말했다.

여기까지 밝은 표정으로 이야기를 하던 예나는 표정이 어두워지면서 잠시 말을 멈추었다. 한별은 예나가 불편해하는 낌새를 느꼈다.

“혹시 백일 이벤트에서 속상한 일이 있었나요?”

“저는 백일이면 좋은 일만 펼쳐질 것 같았어요. 남자 친구가 저를 더 소중히 아껴 주고 좋아한다는 표현을 해 줄 거라 기대했지요. 그날 남자 친구가 장미 꽃다발과 향수를 들고 나타났을 때는 그 기대처럼 되는 듯했어요.”

예나는 한숨을 짓고 나서 말했다.

"남자 친구가 장미와 향수를 선물로 받으면 뽀뽀를 해야 한다고 말했을 때도 그렇게 싫지만은 않았어요. 저도 좋아하는 사람과의 첫 입맞춤은 어떤 느낌일지 궁금했거든요."

한별은 공감하는 표정으로 고개를 끄덕였다. 예나는 힘겨워하면서 이야기를 계속했다.

"노래방에 가서 용수가 저랑 자기 이름 넣어서 백일 이벤트에 맞게 노래 가사를 바꿔 부를 때까지만 해도 좋았어요. 노래 중에 다가와 저를 꽉 껴안았을 때 그 애의 요구에 따라 입을 맞췄지요. 가슴이 터질 것 같았어요. 그런데 용수는 숨 쉴 틈도 없이 입을 맞췄어요. 머리가 어지러워 저는 계속 눈을 감고 있었어요."

예나는 용수가 벽까지 예나를 밀어 놓고 옷 속으로 손을 집어넣으려 했던 때가 떠오르자 몸서리쳤다. 당시 예나는 용수를 밀쳐냈다. 그러자 용수는 버럭 화를 냈다.

"너도 좋아서 여기 온 거 아냐? 좋아서 키스한 거 아냐?"

"그렇기는 해."

"그러면 이것도 해야지. 사랑한다면서 이것도 못 해 줘?"

폭력적으로 변한 남자 친구의 모습에 예나는 깜짝 놀랐다. 용수는 한숨을 여러 번 쉰 다음 표정을 바꿔 예나에게 애교를 부리며 졸랐다가 화냈다가를 반복했다. 일주일 전 볼에 뽀뽀하고, 백 일 이벤트로 큰맘 먹고 입도 맞췄는데 곧바로 더 한 것을 생각하는 용수가 미워졌다.

"그러는 넌 사랑한다면서 이것도 못 참니?"

예나의 말에 용수는 화를 냈다.

"사랑하면 참을 수 없는 거야."

예나는 어떡할지 몰라 가만히 있었다. 그 틈을 타 용수의 손이 가슴을 향했다. 예나는 그 손을 뿌리쳤다. 용수는 차갑게 말했다.

"지금 이러는 너를 보니 확실해. 넌 나를 사랑하지 않아."

"아냐, 사랑해."

예나가 소리쳤지만 용수의 표정은 바뀌지 않았다. 용수는 백일 이벤트로 이별을 고했다. 그 책임도 예나에게 있다면서 며칠이나 전화를 받지 않았다. 대신 문자가 왔다.

> 생각 바뀌었으면
> 지난번 노래방에서
> 다시 만나자.
> 아님 연락하지 마.

예나는 용수에게 만나자고 연락할까 말까 생각할 때마다 가슴이 답답해졌다. 이게 사과할 문제인지, 사과받아야 할 문제인지 헷갈렸다.

한 달 전 공개된 장소에서 자랑스럽게 손을 잡고, 2주 전 볼에 뽀뽀할 때까지만 해도 참 좋았는데. 왜 이렇게 된 것일까. 아예 스킨십 자체를 시작하지 않았다면 어땠을까. 예나는 후회했다. 용수가 백일 날 보인 모습을 보면 스킨십 혹은 그것보다 더한 것 때문에 그동안 잘해 준 게 아닌가 싶어 기분이 나빴다. 예나는 답답한 마음에 인터넷에서 정보를 찾아보았다. 남자들은 스킨십과 섹스가 목적이라는 말이 압도적으로 많았다. '스킨십 진도'라는 글도 많았다. 예나가 스킨십한 순서와 맞아떨어졌다. 소름이 돋았다.

'너도 정말 그런 거냐고 따질까?'

따지면 벌어질 일을 상상하자 백일 이벤트 때가 기억났다.

'아니야. 그 애는 사랑이라는 말을 쓰면서 화를 냈어. 혹시 나에게 문제가 있는 것은 아닐까? 진짜 사랑하면 그 정도는 해야 하는데 안 하는 내가 문제 아닐까?'

예나는 비밀 연애 중이라 친구와 가족에게도 말하지 못한 채 고민하느라 식욕이 확 떨어졌다. 잠도 못 잤다. 2주 정도 지나면 괜찮아질 줄 알았다. 하지만 한 달이 지나도 나아지기는커녕 더 나빠졌다. 예나의 멍한 표정, 한숨, 초점 없는 눈빛을 걱정스럽게 지켜본 친구 신유진이 예나에게 속마음을 털어놓으라고 말했다.

"그런 거 없어."

"거짓말하지 마, 네가 지금 얼마나 심각한지 알아? 고민 있으면 말해."

예나가 주저하자 유진이 말했다.

"네 고민이 뭔지는 모르지만 '앤의 오두막'을 찾아가 봐. 아, 상담사를 남자로 할지 여자로 할지 정해서 전화 예약은 하고."

유진은 자원봉사 시간을 채울 곳을 찾다가 공무원인 부모님의 추천으로 새로 생긴 앤의 오두막에 갔다. 앤의 오두막은 상점이 거의 빠져나간 구도심에 있었다. 청년들이 모여 조합을 만들고, 다양한 지역축제를 기획하고 기업 홍보 사진과 영상도 제작하고, 관련 교육과 행사를 하면서 청소년과 청년들이 모여 고민도 나눌 수 있게 정부의 지원을 받아 운영되는 곳이었다.

센터 홍보물을 정리하고 발송하는 자원봉사를 하면서 유진은 앤의 오두막에서 청소년 고민 상담도 한다는 것을 알게 되었다.

"앤의 오두막을 만든 청년조합 사람들이 좋아 보였어. 그래서 나중에 또 가려고 엄마에게 물어봤더니 청년조합 핵심 멤버들이 다 재다능하대. 특히 상담 능력으로 플러스 점수를 받아서 센터 지원도 받은 거래."

"정말?"

"응. 하지만 나도 상담 안 해 봐서 잘 몰라. 아직 아는 사람이 없어서 비밀 유지 하나는 확실할 거야. 친구인 나에게도 쉽게 털어놓지 못할 게 있다면 그곳에 가는 게 좋겠어."

"그런 비밀 같은 거 없어."

예나는 겉으로 이렇게 말했지만, '비밀 유지'라는 말에 마음이 움직였다. 그래서 다음 날 상담 예약을 하고 3일 후에 앤의 오두막을 찾았다.

용수와 있었던 일을 다 털어놓으며 예나는 감정을 많이 소모해 힘이 빠졌다. 한별은 예나에게 차를 천천히 마시라고 하면서 초콜릿을 내밀었다. 예나가 차와 초콜릿을 좀 먹자, 한별은 예나에게 자신을 따라 심호흡을 해 보라고 했다. 예나의 호흡이 제대로 돌아오고 기운을 좀 차린 것을 확인한 한별은 예나에게 조심스럽게 물었다.

"이제, 상담을 계속해도 될까요?"

"네."

"좋아요. 스킨십도 할 수 있기는 해요. 사랑하면!"

한별은 잠시 말을 멈췄다가 물었다.

"그런데 그 남자 친구를 사랑하는 것 맞나요?"

예나는 머뭇거렸다. 여러 장면이 머릿속을 스쳐 갔다.

"사랑하지 않는다면 굳이 스킨십할 필요는 없어요. 없던 사랑을 만들기 위해서가 아니라, 이미 있는 사랑을 표현하기 위해 스킨십을 하는 거니까요."

"그 애를 확실히 좋아했어요. 그런데 이게 사랑인지는 솔직히 잘 모르겠어요. 그 애와 있으면 기분이 좋아지고, 자유로워지는 느낌이었어요. 그런데 이제는 스킨십 때문에 기분이 나빠지고, 꼼짝 못하게 묶이는 느낌이 들어요."

"사랑한다는 말을 직접 서로 나눠 본 적이 있나요?"

"네."

"그때 기분이 어땠나요?"

"확실히 '좋아해'라고 하는 것보다 '사랑해'라고 하면 더 가슴이 떨렸어요. 그것을 보면 사랑에 더 가까운 게 아닌가 싶어요."

한별은 고개를 끄덕였다. 하지만 이제까지 공감해 주던 표정은 아니었다.

"일단 사랑하고 싶은 이상형의 요소를 이 태블릿에 입력해 볼래요? 특정 연예인이나 지금 남자 친구를 생각하지 말고, 최근 1, 2년 동안 변하지 않고 원래 생각했던 이상형 요소를 담아서요. 한 줄에 하나씩 쓰는 것 잊지 말고요."

예나는 늘 생각해 온 이상형 요소를 적었다.

내가 세상에서 제일 멋진 여자라고 생각해 주면 좋겠다.
내 말을 잘 따라 주면 좋겠다.
착하면 좋겠다.
짜증을 잘 내지 않으면 좋겠다.
자상하면 좋겠다.
유머 감각이 있으면 좋겠다.
나보다 키가 크면 좋겠다.
외모가 깔끔하면 좋겠다.
정리정돈을 잘하면 좋겠다.
운동을 잘하면 좋겠다.

……

열 개가 넘어가자 더 써야 하나 싶어 예나는 머뭇거렸다. 그러자 한별은 머리에 떠오르는 것은 다 적어도 된다고 했다. 제한이 없다는 말에 예나는 신났다. 하지만 네 개를 더 쓰자 더 생각나는 것이 없었다. 한별은 태블릿 화면의 '다음' 버튼을 예나에게 누르라고 했다. 자신이 입력한 이상형 요소 앞에 체크 박스가 달려 나왔다.

"좋아요. 이제는 이 요소 중에서 지금 남자 친구와 비슷한 부분이 있으면 해당 체크 박스 안에 표시해 보세요."

"네?"

예나는 당황했다.

'이상형은 어디까지나 이상형 아닌가?'

예나는 딱히 용수가 이상형이라고 생각해 본 적은 없었다. 겨우 생각을 짜내서 체크 박스를 눌렀다. 그런데 화면을 누를 때마다 그 이상형 요소가 음성으로 흘러나왔다. 음성 지원이 되는 이유가 궁금했지만, 질문할 새도 없이 한별이 예나에게 이상형과 남자 친구가 일치한다고 판단한 이유를 물었다. 구체적 일화를 이야기하면서 한별과 함께 분석하다 보니 자신이 오해한 것도 많다는 걸 알게 되었다.

세심하게 이것저것 챙겨 주려 해서 '착하다'고 생각한 점도 백일 이벤트 때 벌어진 일과, 그 이후 차갑게 대하다가 사과 없이 연락을 끊었던 것, 예전부터 자잘하게 변명을 늘어놓던 상황들을 놓고 보니 '못됐다'에 더 가까웠다. 이렇게 빼고 저렇게 빼다 보니 '키', '외모', '운동' 고작 세 개밖에 비슷한 부분이 없었다. 그것도 많이 봐줘서. 사랑은 고사하고 좋아하는 감정 자체가 생긴 게 신기할 정도였다. 한숨이 절로 나왔다.

"자, 어때요? 객관적으로 보기에 사랑의 표현으로 스킨십을 할 만한 대상인가요?"

"그렇지는 않아요. 제가 미쳤나 봐요."

"아니에요. 보통 사람들이 다 그래요. 미국 심리학자인 쉬나 아이엔가Sheena Iyenga의 연구 결과도 그랬어요."

"네? 이런 걸 연구한 심리학자도 있다고요?"

"컬럼비아대의 아이엔가는 동료와 연애에 대한 수다를 떨다가 중매 결혼의 장점이 실제로 있는지 확인하고 싶어졌어요. 그래서 독신인 사람들이 한자리에 모여 잠깐 일대일로 만나며 서로에 대해 알아보고 짝을 결정하는 상황을 만들었어요."

"마치 예능에서 하는 짝 찾기 프로그램처럼요?"

예나는 자신이 봤던 방송을 떠올리며 고개를 끄덕였다.

"그런데 아이엔가는 여기에 연구를 위한 장치를 하나 넣었어요. 실험에 참여하기 전에 이상형의 요소를 적어 내라고 하고, 짝을 결정한 다음에 다시 이상형 요소를 적어 내라고 한 거죠."

"어, 저는 아까 태블릿에 한 번만 적어 냈는데요?"

"조금 차이는 있지만 결과는 똑같아요. 실험에서 분명 실험 전에 써 낸 이상형 요소가 있었는데도 짝을 정하고 나서는 자신의 이상형을 지금 호감을 느낀 사람과 일치되게 슬쩍 바꿨어요. 자신도 모르게."

"어떻게요?"

"예를 들어 원래 지적인 사람이 좋다고 했던 사람도 유머가 있는 사람을 만나서 호감을 느끼면 유머를 이상형의 요소로 꼽았어요. 그리고 6개월 후 아이엔가가 참가자들에게 다시 이상형을 묻자 실험 전에 썼던 요소를 적어 냈어요. 유머가 아니라 지성이 있어야 한다고. 자, 왜 그랬을까요?"

예나는 잠시 생각에 잠겼다. 멋지게 표현하고 싶었지만 단어가 떠오르지 않아 그대로 말했다.

"제정신이 돌아와서 그런 거지요."

예나의 말에 한별은 크게 웃으며 박수를 쳤다.

"딱 맞혔어요."

"네?"

"순간적으로 감성에 흔들려 선택하지만, 그 선택의 결과를 꼼꼼히 따져 후회하게 만드는 것은 이성, 즉 제정신이니까요. 그래서 후회하지 않을 선택을 하려면 이성의 도움을 받아야 해요."

"그래도 사랑은 감성이 하는 거잖아요? 이성이 개입하면 그만큼 사랑에 덜 빠진 거잖아요."

"그렇게 믿는 사람은 순간의 감정으로 일을 저지른 다음 후회하지요. 예나 학생도 후회하고 싶지 않아서 남자 친구가 강요하는 긴박한 상황에도 순간적인 감정에 흔들리지 않으려 노력한 것 아닌가요?"

"그런지는 솔직히 잘 모르겠어요. 그냥 막 내 몸을 더듬으려는 게 싫었어요."

"그 싫은 감정도 평소 자기 몸을 함부로 하면 안 된다는 이성적 판단을 하고 있었기에 가능했던 거 아닐까요?"

"듣고 보니 그러네요."

"행복한 사랑에는 많은 조건이 필요해요. 파티 장소에서 보자마자 열정에 휩싸였던 로미오와 줄리엣의 사랑은 비극으로 끝났지요? 멀리서 왕자의 모습을 보고 호감을 느껴 헌신했던 인어공주의 사랑도 비극으로 끝났어요. 행복한 사랑을 하려면 자신이 평소 생각했던 행복을 상대방이 함께 만들 수 있는지 따져야 해요. 마음의 두 측면인 이성과 감성 모두가 움직여야 더 좋은 선택이겠지요?"

"어, 그건 힘들지 않나요?"

"힘들지만 행복해지려면 그냥 흘러가는 대로 사는 게 아니라 그만큼 노력해야겠지요? 이 연구를 했던 아이엔가도 같은 대학에 있던 다른 전공의 박사와 연애했어요. 연애하면서 순간적으로 좋은 게 아니라 꼼꼼하게 조건을 따져 봤다고 해요. 자신의 장애를 동정하는 게 아니라 자기처럼 오히려 더 긍정적인 요소로 볼 수 있는 사람인지를 살핀 것이죠."

"장애요?"

"네, 저처럼 시각 장애인이에요."

"네?"

예나는 상담실에 들어와 부끄러운 마음에 제대로 눈을 마주치지 못하다가 그제야 한별의 얼굴을 한참 쳐다보았다.

"어, 저는 앞이 안 보이시는 줄 몰랐어요."

"아, 미리 말할 걸 그랬나요?"

"아니, 그런 건 아니고요."

"원래 생각했던 이상적인 고민 상담사의 조건에 앞이 안 보이는 게 있지는 않았죠?"

한별은 웃으며 말하지만, 예나는 이 상황이 너무 불편했다. 불편한 이유가 낯섦 때문이라고 어렴풋하게 생각하기 시작할 때 한별이 다시 이야기를 시작했다.

"그녀도 저처럼 일곱 살까지는 앞을 볼 수 있었는데 희귀병으로 점점 시력을 잃다가 청소년기에는 완전히 잃었어요. 그래서 화려한 정보에 현혹되지 않고 올바르게 선택하는 방법을 연구하는 전문가가 되었어요. 저는 그녀를 역할 모델 삼아 심리학자가 되었고요."

"역할 모델이요?"

"제가 눈이 안 보이니 상담하러 온 사람들이 더 자세히 묘사해

줘서 세세한 것까지 분석할 수 있으니까 더 좋아요. 다른 사람이 단점이라고 생각하는 게 사실은 장점이죠."

예나는 입이 떡 벌어졌다. 한별은 예나가 처음 봤을 때처럼 미소를 지으며 말했다.

"사랑하고, 그 표현으로 스킨십을 할까 말까를 생각할 때 이성적으로 생각하려고 노력하는 게 단점이라고 생각하겠지만 사실은 그게 장점이에요. 인간의 마음은 크게 나눠 감성과 이성이 있고, 순간적으로는 감성이 이기지만, 결국 판단은 이성이 해요. 감정적으로 후회할지 만족할지의 판단도요."

한별은 더 따뜻한 목소리로 말했다.

"예나 학생에게는 문제가 없어요. 오히려 이성에 의지해서 잘 대응한 거예요. 남자 친구를 원망하고 고민하기보다는 방금 이상형으로 꼽은 요소를 갖춘 사람을 만나려고 더 노력만 하면 돼요."

"잠깐만요. 상담 선생님은 혹시 연애하시나요? 연애하실 때 이성적으로 따지세요?"

"네, 사귀는 사람 있어요. 사진 찍는 친구인데, 우리는 서로 이성적으로 따지는 편이에요."

"두 분은 어떻게 만나셨어요?"

예나는 어느덧 자기 고민에 대한 답보다 한별 자체에 더 관심이 생겼다.

"사진학과에서 자원봉사로 시각 장애인에게 사진 찍기를 가르치는 프로그램이 있었어요. 지금 남자 친구는 그때 저에게 사진을 가르친 선생님이었어요. 그 사람은 다른 자원봉사로 저에게 학교 과제인 심리학책을 대신 읽어 주다가 심리학을 함께 공부하게 되었지요. 여기에서 저랑 함께 사진 찍고 상담도 하고 있어요."

한별이 대기업이 후원하는 시각 장애인 사진 경진대회 이름을 말하자 예나는 바로 태블릿으로 검색했다. 한별의 작품에 동상 스티커가 붙어 있었다.

"완전 이상적인 커플이에요."

예나가 부러움이 가득한 목소리로 말했다. 한별은 웃으면서 최근 지역 신문에 난 센터 뉴스에 실린 남자 친구의 사진을 검색해 보라고 했다. 예나는 센터 상담소 이름이 '앤의 오두막'이니 말쑥한 길버트와 같은 이미지를 생각하며 검색했다. 그런데 사진의 주인공은 통통한 허클베리 핀에 더 가까웠다. 그것도 턱수염까지 난.

"서로 이상형을 생각하고, 그 요소에 맞는 사람을 선택하고, 또 더 맞추려고 노력하는 것이지요. 이상형을 따지면 한참 부족해요. 그 사람이 저에게, 제가 그 사람에게."

"엥?"

"이상형은 이상형이니까요. 하지만 차이가 난다는 것을 감성적으로 느끼고 실망해서 포기할 게 아니라, 이성적으로 인정하고 더 노력하는 거예요."

예나는 자신과 한별의 모습이 너무 비교되어 부끄러웠다.

"상대방이 스킨십에 대해서 폭력적인 것이 싫고, 더구나 그런 특성이 이상형 요소에 포함되어 있지 않고, 상대방이 노력할 생각도 없다면 굳이 관계를 계속 이어나갈 이유가 없어요. 사귈 이유가 없는데 진심을 표현하는 스킨십을 고민할 이유는 더더욱 없지요."

한별은 조심스럽게 말했다.

"오히려 원하는 욕구를 채우려 계속 매달리지 않고 떠나 준 것을 감사해야 하지 않을까요? 괴로워야 할 사람은 예나 학생이 아니에요. 데이트 폭력으로 고발당할지도 모른다는 두려움에 떨어야 할 남학생이지요."

예나는 왈칵 눈물이 났다.

"생각이 바뀌면 노래방에서 만나자고 하고 스킨십을 강요한 문자를 캡처해서 그 친구에게 보내세요. 너야말로 생각을 바꾸지 않고 연락하면 그 문자를 공개할 거라고 해 보세요. 생각을 바꾸지 않는다면 사귈 이유가 정말 하나도 없는 나쁜 사람이니 더 이상 그 애와의 관계를 고려할 필요가 없어요. 마음이 아픈 일이기는 하지만 더 큰 일이 벌어지지 않고 다음에 더 좋은 만남을 가질 교훈을 얻은 것에 집중해 보세요."

사귈 이유가 하나 없다는 말에 마음의 짐을 내려놓는 기분이었다.

"이제 마음이 괜찮아졌나요? 그런 일을 당하고 상처받은 마음을 남몰래 보듬느라 고생하셨어요. 제가 손잡아 드려도 될까요?"

예나는 눈물을 흘리며 고개를 끄덕였다. 그러다 아차 싶어 입을 열어 목소리로 조그맣게 대답했다. 한별이 손을 내밀어 예나를 잡았다. 예나의 마음이 더 편해졌다. 예나는 한별의 손을 더 꼭 잡았다.

"저도 처음 봤을 때가 아니라, 서로 마음이 좀 열린 다음에야 손을 잡았지요? 먼저 허락도 받고요. 그러니까 더 진심이 잘 느껴지지 않으세요? 이렇게 마음이 먼저예요. 마음이 먼저 열리지 않으면 굳이 스킨십할 필요가 없어요. 그리고 앞으로 무리한 요구를 하는 상대에게도 이성적으로 정신이 번쩍 들게 이야기해야 해요."

"어떻게요?"

"내가 너에게 뽀뽀한 것은 네가 좋아서다. 하지만 그게 네가 야한 동영상에서 보거나 친구들이 자랑스럽게 저질렀다고 떠들어 댄 나쁜 행동을 내게 해도 좋다는 뜻은 아니다. 그러지 않는 나를 진정 사랑하는 네가 좋다고 생각해서 나도 스킨십을 한 것이다. 여자는 좋으면서도 조금은 아닌 척 뺀다는 식의 잘못된 생각으로 내가 싫어하는 일을 억지로 한다면 너를 좋아하는 마음조차 없어진다. 좋아하지 않으니 당연히 스킨십을 할 생각이 없다. 네가 나를 정말 좋아하는지, 내가 아닌 내 몸을 더 좋아하는지 나도 생각해봐야 하니 오늘은 이만 헤어지자. 나를 막으면 소리 지르겠다. 이런 식으로요."

생각의 징검다리

사랑과 스킨십 ?!!

스킨십은 남녀 청소년 모두의 고민입니다. 예나와 한별의 상담에서는 이야기 흐름상 여학생의 입장에서 쓰기는 했지만, 남학생도 스킨십을 어떻게 해야 할까 고민합니다. 남자라서 스킨십을 주도해야 하는 것은 아닌가 하면서 잘못된 성 관념으로 고민하기도 합니다. 스킨십을 하지 않으면 왠지 덜 사랑하는 것 같아 표현하고 싶은데 상대가 어떻게 받아들일지 몰라 고민하는 남학생도 있습니다.

로빈 월쇼(Robin Warshaw)는 《그것은 썸도 데이트도 섹스도 아니다》* 라는 책에 이렇게 썼습니다.

"남자아이들은 이기적이고 무조건적으로 성관계에 접근하는 법을 배우고, 동시에 여성을 자기 자신의 바람과 욕구를 가진 평등한 파트너로서가 아닌 단지 성관계를 위해 쟁취해야 할 대상으로 보는 법을 학습한다. 이를 통해 남자아이들은 여자와의 관계에서 자신이 성적으로 주도해야 한다고 생각하게 되며, 설혹 상대 여자가 내켜 하지 않아도 집요하게 구슬리며 포기하지 않는다면 결국 원하는 바를 쟁취할 수 있다고 인식하기에 이른다.

남성들이 자라면서 쉽게 접하는 야동은 성기 중심적인 성행위만을 보여

*한국성폭력상담소 부설연구소 울림 옮김, 미디어일다, 2015.

준다. 그들이 학습하는 성교육 내용에는 남녀의 즐거운 상호작용으로서의 성관계에 대한 언급은 거의 없거나, 아예 없다."

이 책의 부제목은 "아는 사람에 의한 강간에 관해 알아야 할 모든 것"입니다. 스킨십을 강요하면 폭력과 강간이 됩니다. 이런 불행을 막으려면 스킨십의 시기와 정도, 방법에 대한 고민 이전에 사랑이 맞는지 확인하는 자세가 남녀 모두에게 필요합니다.

사랑은 감정적인 문제여서 이성적으로 따져 보는 게 부적절하다고 생각할 수도 있습니다. 하지만 온 마음으로 사랑한다면, 당연히 마음의 요소인 감정과 이성 모두가 만족하는 선택을 해야 하지 않을까요? 스킨십은 자기 자신만이 아니라 상대방의 심리적 충격을 일으킬 수 있으니 더더욱 신중해야 합니다.

제가 상담 공부하면서 들은 사례 중 가슴 아픈 이야기가 있습니다. 실제 사례 속 여중생은 1년 선배인 남자를 사귀었습니다. 여중생은 한 살 차이인데도 어린 취급을 하는 남자 친구에게 불만이 있었습니다. 좀 당황스러웠지만 나도 이미 다 알고 있다며 어른스러운 척했지요. 스킨십을 하며 더 많은 것을 요구해도 어린 것을 티 내고 싶지 않았어요. 스킨십을 놓고 다투는 것은 어른도 으레 하는 사랑의 승강이라고 생각했어요. 하기 싫은 것을 강요하면 사랑의 승강이가 아니라 데이트 폭력이라고 이성적으로 생각하지 못했지요.

스킨십의 강도는 점점 높아지고, 남자 친구의 폭력성도 강해졌습니다. 그러던 어느 날 노래방에 가서 몰래 술을 마셨습니다. 남자 친구가 워낙 무서우니 어쩔 줄 몰라 하는 사이 더 노골적으로 옷에 손을 집어넣고 억지로 눕혔습니다. 그제야 스킨십이 아니라 임신을 처음으로 진지하게 떠올렸다고 합니다. 그때 그 학생은 자신의 인생에서 첫 성 경험을 이런 곳에서 이렇게 하는구나 하면서 슬펐다고 해요. 성에 대한 호기심은 있었지만, 그 호기심보다 슬픈 감정이 더 올라왔대요. 영화나 책 속에 자주 나오는 멋진 곳에서

낭만적인 분위기에 취해서 하는 게 아니라, 술에 취해서 하는 게 싫었지만, 소리를 지를 수 없었습니다.

노래방 사장님이 오면 몰래 술을 들여와 방에서 먹은 것에 화를 내거나, 풀어진 옷을 보고 경찰을 부르면 아빠가 자기를 영영 아무것도 못 하게 집에 가둬놓을 수도 있고, 소문이라도 나면 학교 친구들한테도 쪽팔린다고 여학생은 말했습니다. 강요에 의한 성행위를 하고 나서 트라우마와 대인 공포가 생겼습니다.

상대방이 정말 나쁩니다. 스킨십과 성행위를 어른스러운 사랑의 과정이라고 포장했습니다. 아무리 포장해도 여학생은 폭력적으로 느꼈습니다. 폭력이다 싶으면 빨리 벗어나야 합니다. 필요하면 주변에 알리고 도움을 적극적으로 받아야 합니다. 잘못은 피해자가 아니라 가해자가 한 것을 분명히 주장하고요. 그런데 긴박한 순간에 상담을 받은 학생은 자기 자신보다 노래방 사장, 아빠, 학교 친구를 생각했습니다.

다른 상담 사례에서 접한 학생은 스킨십을 강요하던 상대방을 밀쳐내면 상대방이 충격을 받을까 봐 걱정하기도 했습니다.

그 어떤 순간에도 자기 자신을 존중하는 마음을 잊지 말아야 합니다. 상대를 사랑해도 자기를 사랑하는 마음을 놓지 말아야 합니다. 이게 바로 전환점입니다.

이야기 속 예나처럼 남들이 뭐라고 하든 이것을 내가 용납할 수 있느냐를 먼저 생각해 보세요. 자기를 존중하는 마음에 상처가 난다 싶으면 다른 일을 두려워하지 말고 자신을 먼저 지키려고 노력해 보세요. 두려워했던 일이 실제로 일어날 확률이 낮기도 하지만, 설령 그런 일이 벌어진다고 해도 자기를 방치했다는 생각으로 자신을 괴롭혀서 나는 상처보다는 훨씬 덜하니까요.

스킨십을 놓고 하는 사랑의 승강이와 데이트 폭력은 잘 구별해야 합니다. 잠시 티격태격하는 정도가 아니라, 상대를 끝까지 존중하는 마음 없이 자신이 원하는 바를 강요하면 폭력입니다. 이것은 사랑의 진도 문제가 아니에요. 학교 폭력이 우정의 문제가 아닌 것처럼요.

남자나 여자나 자신을 존중하는 마음을 가지면 스킨십을 강요하는 사람이 되지 않습니다. 스킨십을 쟁취의 수단으로 보지 않게 됩니다. 불행하게 스킨십을 강요받는 위기에 처한다면 자신을 존중하는 마음으로 끝까지 저항하세요. 그리고 진정한 사랑이 뭔지를 스킨십보다 더 많이 생각해 보세요.

추천 도서

《사랑의 기술》, 에리히 프롬 지음, 황문수 옮김, 문예출판사, 2019.

자위한 다음에는
죄책감이 들고
후회가 돼요

2.

영승은 중학교 3학년이 된 다음 고민이 생겼다. 자위하면 죄책감이 들었다. 왜 이런 짓을 하나 싶어 후회도 했다. 중학교 2학년 때도 자위는 했지만, 최근처럼 많이 하지도, 또 하고 난 다음에 기분이 나빠지지도 않았다. 그저 호기심에 하고 나면 스트레스가 풀리는 정도였다.

특히 공부하기 싫거나 부모님에게 잔소리를 들어서 스트레스가 쌓일 때 자위하면 마음이 풀렸다. 늦은 밤에 부모님 몰래 하느라 조마조마하고 사정하고 나서 뒷정리를 하면서 부끄러움도 느꼈다. 그리고 자위하면서 떠올린 상상을 나중에 다시 생각하면 죄책감도 생겼다.

자위할 때와 하고 나서 스트레스를 받으니 답답했다. 답답하니 그것을 풀려고 자위하고, 또 후회하기를 반복하는 자신이 미웠다. 스트레스가 쌓이니 주변 사람에게 예민하게 굴게 되었다.

담임 선생님이 청소를 더 깨끗하게 하라며 가볍게 지적해도 영승은 엄청나게 억울해하며 불같이 화를 냈다. 반 친구가 말을 걸어도 쉽게 짜증을 냈다. 2학년 때부터 같은 반이어서 친한 노윤수가 보다 못해 말했다.

"우영승, 너 왜 그래? 이러다가 1학기에 친했던 애들 다 떨어져 나가겠다."

"내가 뭐?"

"방금 네가 말한 식으로 짜증부터 내잖아. 왜 이렇게 예민해?"

"예민? 너도 싫으면 그냥 떨어져 나가."

영승은 고개를 홱 돌렸다. 윤수도 기분이 상했다.

5일 후 윤수는 화를 억누르고 차분한 목소리로 영승에게 앤의 오두막을 추천했다.

"지난번 겨울 방학 끝나고 내가 상담을 받고 많이 좋아졌다고 말했지?"

"그래, 헬스 좀 했다고 힘센 척 거들먹거리고, 엄청 형편없던 네가 겨우 참을 만해지기는 했지."

윤수는 속이 부글부글 끓었지만 참았다.

"그 상담사가 이번에 새로운 센터에서 상담한다고 하시더라고. 너한테도 좋을 거야."

"상담? 쪽팔리게 무슨 상담이야."

"너 요즘 많이 이상해. 겨울 방학 전의 나보다 더 심해."

"내가 뭐? 난 센 척하지 않는데?"

이번에도 고개를 홱 돌리려 했다. 하지만 윤수의 표정이 너무도 진지했다. 친구를 걱정하는 마음이 그대로 느껴졌다. 사실 영승도 윤수의 말처럼 자신이 이상하게 더 예민해져 있다는 사실을 알고 있었다. 영승은 목소리를 낮춰 물었다.

"상담료는 얼마야?"

"그냥 몸으로 때우면 돼."

윤수의 말에 영승은 눈을 크게 떴다.

"상담한 만큼 센터에서 운영하는 카페와 관련된 잡일을 도와주면 돼. 내가 예약해 놨어."

"언제?"

"3일 전에."

"아니, 언제로 예약해 놨냐고?"

윤수는 미소를 지으며 말했다.

"오늘."

영승은 윤수의 팔에 이끌려 앤의 오두막으로 갔다. '도시재생센터 지원 복합문화공간 카페'라고 정문에 붙은 큰 홍보 문구에 영승은 고개를 갸웃거렸다.

현관에 있는 건물 안내도에 따르면 1층은 일반 카페, 2층은 스터디 카페로 방음이 되는 여러 크기의 세미나실로 나뉘어 있었다. 2층 중앙에 위치한 세미나실은 두꺼운 유리 벽으로 되어 있었고,

블라인드가 쳐 있었다. 세미나실 밖에는 2인용 테이블 네 개가 일렬로 놓여 있었다. 3층에는 센터 직원 사무실과 상담실이 있었다. 그리고 4층 공간은 직원 숙소로 운영하고 있었다.

영승은 카페와 사무실, 상담실이라는 안내도의 내용만으로도 헷갈렸다.

"대체 여기는 어디? 나는 무엇?"

윤수는 영승의 말에 아랑곳하지 않고 2층으로 걸음을 옮겼다. 영승에게 박한별의 남자 친구이자 공동대표인 임효묵을 소개했다. 부리부리한 눈, 피부를 뚫고 올라온 철심 같은 턱수염, 운동선수를 연상하게 하는 단단한 어깨. 영승은 효묵의 외모를 보자마자 주눅이 들었다. 그런데 윤수는 곧바로 카페 홍보 일을 도우려고 다른 청년과 나갔다.

"어어."

당황한 영승이 자기도 모르게 소리 내며 윤수를 따라 나가려는데 효묵이 불렀다.

"어디 가요? 나 만나러 온 거 아니에요?"

"네?"

같은 시간대에 예약자가 두 명이면 혹시나 예약자가 마주칠까 봐 3층이 아닌 2층의 작은 세미나실에서도 상담한다는 사실을 영승은 알지 못했다.

"자, 들어와요."

효묵은 안이 보이지 않게 블라인드가 모두 쳐진 세미나실 문을 열면서 말했다. 영승은 불안했다. 효묵이 미소를 보일수록 더 불안해졌다.

"3층에서 상담하는 거 아니었어요?"

"여기가 더 널찍하고 좋아요. 남자 상담은 주로 여기 2층을 이용해요. 너무 싫으면 3층으로 가고. 난 둘이 얼굴을 맞대고 더 가깝게 앉는 것도 좋으니까."

영승은 고개를 강하게 가로저었다. 자리에 앉고 나서도 영승은 어쩔 줄 몰라 바닥만 내려다봤다. 효묵은 심드렁하게 말했다.

"아무 말 하지 않아도 상담은 상담이니, 나중에 상담료에 해당하는 봉사는 해야 해요."

"네?"

"올 때는 맘대로 왔어도, 갈 때는 맘대로 못 가는 게 우리 센터의 특징이지요."

"네에?"

"상담하러 왔는데 자기 이야기를 안 한다? 그럴수록 의뢰인이 해야 하는 봉사의 난도가 올라가요. 상담사를 괴롭히는 거니까 그만큼 대가를 치르게 해야죠."

효묵은 농담이었다. 하지만 영승은 농담으로 듣지 않았다. 6월 초순 치고 이미 꽤 더워져 천장에 설치된 에어컨 바람의 세기를 가장 세게 했어도 영승의 땀을 제대로 식히지 못했다. 그 모습을 보고 효묵이 말했다.

"그냥 빨리 말하고 벗어나고 싶지 않나요?"

효묵은 상담을 통한 문제 해결을 의미한 것이지만, 일단 여기서 벗어나고 싶은 영승에게는 다르게 들렸다. 머뭇거리다가 영승은 고민을 털어놓았다.

영승의 고민을 다 들은 효묵은 대뜸 영승에게 질문했다.

"수학 잘해요?"

"네?"

영승은 이게 뭐지 하는 표정으로 효묵을 봤다. '수학?'이라고 생각할 때, 효묵은 책상에 있던 종이에 원을 그렸다.

"자, 여기가 자위 영역."

원 가운데에 자위라고 썼다. 그런 식으로 죄책감, 후회, 스트레스 영역을 그렸다. 네 가지 원이 교차하는 지점에 '영승 고민'이라고 썼다. 영승은 어이없는 웃음을 지었다.

'이럴 거면 수학이라고 하지 말고, 벤다이어그램 아냐고 하지. 수학이라고 해서 괜히 쫄았잖아.'

효묵은 자위 원 위에 더 큰 원을 그려서 본능이라고 적었다.

"인간의 본능은 무엇이 있을까요? 대표적인 네 가지만 말해 볼래요?"

어른들은 어차피 자기가 답할 것을 질문하는 나쁜 습관이 있으니 영승은 효묵이 답할 때까지 버텼다. 하지만 효묵은 계속 질문했다. 결국 영승은 입을 열었다.

"먹는 것……, 자는 것……, 싸는 것……, 자는 것……"

"자, 자, 집중해요. 자는 것 두 번 말했어요."

"마지막 자는 것은…… 그거요."

"그거 뭐요?"

영승은 머뭇거리다 말했다.

"섹스요."

"좋아요. 한국말로는 뭐라고 하죠?"

"서엉해앵위이요."

영승이 조심스럽게 말했다. 효묵은 거침없이 되물었다.

"좋아요. 그런데 친구끼리도 자위나 성행위를 한자어로 말하나요? 속어로 더 많이 말하지 않아요?"

효묵은 성행위를 뜻하는 속어들을 거침없이 말했다. 영승은 당황했지만 겉으로는 애써 태연한 척하면서 고개를 끄덕였다.

"한자어나 영어로 표현할 때와 속어로 표현할 때 어느 쪽에 더 죄책감을 느끼나요?"

영승은 잠시 마음의 저울에 단어들을 올렸다.

"속어요."

"그렇군요. 상담 방향이 잡혔어요."

"네?"

“다시 출발점인 본능으로 돌아갈게요. 본능은 후천적인 이성인가요, 선천적인 감정에 더 가깝나요?”

“선천적인 감정이요.”

“그러면 이성의 힘으로 막기 쉬울까요, 어려울까요?”

“어려워요.”

“어려워도 꽉 틀어막아야 할까요, 아니면 감정의 말을 들으며 적절하게 풀어 줘야 할까요?”

“적절하게 풀어 줘야 해요.”

“적절하게 풀어 준다고 성행위를 하는 게 좋을까요? 아니면 본능이 폭발하지 않게 적절하게 자위하며 푸는 게 좋을까요?”

여태까지 술술 답하던 영승은 쉽게 말하지 못했다. 효묵이 손가락을 딱 소리가 나게 튕긴 다음 말했다.

“자위는 나쁘다고 느끼고 있군요. 머리로는 자위도 나름 좋다고 생각하는데, 가슴으로는 자위가 나쁘다고 느끼고 있어요.”

영승은 고개를 갸웃거렸다.

“헷갈리지요? 자위를 나쁘다고 생각하는 거 아닌가? 가슴으로는 자위가 좋다고 느껴서 못 끊는 게 아닌가? 이런 식으로 생각하고 있지요?”

효묵은 옅은 미소를 지었다.

“대부분 청소년이 성교육을 통해 머리로는 자위가 자신의 성적 본능을 해소하고, 성적 쾌감을 어떻게 느끼는지 알 기회라고 고상하게 배워요. 청소년기에 자위는 자연스러운 행동이라고도 배우지요. 맞죠?"

영승은 고개를 짧게 끄덕였다.

"그렇게 머리로는 자위를 이해해요. 하지만 현실에서 자신이 하는 자위는 나쁜 것이라는 느낌을 떨쳐 버리지 못해요. 속어로 표현되는 것처럼 천박한 짓이라고 느껴요. 자신이 천박한 짓을 하니 기분이 좋을 수 없지요."

효묵의 말에 영승은 고개를 천천히 끄덕였다.

"본능은 느끼는 거예요. 배고파서 먹고 싶어 하고, 자고 싶어서 눈꺼풀이 감기는 것처럼. 자야 하니까 자야지 하고 생각해서 졸린 게 아니에요. 몸이 저절로 졸리니까 졸린다고 생각도 할 수 있는 거예요. 성적 본능이 느껴지니 성행위를 하고 싶다는 생각도 드는데 이성적으로 판단하면 그게 불가능하니 자위로 대체하는 거예요. 그런데 여기에 다른 게 끼어들어요."

"그게 뭐예요?"

"자위할 때 아름다운 사랑의 표현으로 성행위를 하는 장면을 떠올리나요? 아니면 성인영화 등에서 보는 것처럼 여성을 억지로 성적 도구로 삼는 것을 떠올리나요?"

영승은 얼굴이 확확 달아올랐다. 좋아하는 여자 연예인과 느긋하게 애무하고 섹스하는 장면을 떠올릴 때도 있었고, 영승이 싫다는 데도 상대가 자신을 유혹해서 잠자리를 갖는 상상을 하며 자위할 때도 있었다. 하지만 하드코어 영상물처럼 거칠고 폭력적인 장면 속에 있는 자신을 떠올릴 때 더 강렬한 자극을 느꼈다. 영승이 머뭇거리는 사이 효묵은 설명을 계속했다.

"본능은 점점 더 자극적인 것을 찾아요. 매운 음식을 먹는 것처럼, 처음에는 조금 매워도 만족했지만 많이 먹으면 둔감해져서 나중에는 캡사이신이 화끈하게 들어가야 직성이 풀리는 것처럼요. 자극적인 것을 찾다 보니 건전한 성행위를 상상하기보다는 자극적이고 범죄에 가까운 상상을 하게 되지요. 적어도 나는 그랬어요."

효묵은 자신의 경험을 이야기했다.

"저는 공부보다는 막연히 예술을 하고 싶었어요. 중학교 3학년이 되어 인문계 고등학교에 갈까, 특성화 미디어고를 갈까, 예고를 갈까 하면서 혼자 고민하며 스트레스를 받았어요. 그때 자위를 하면 그 고민에서 벗어나는 거 같았어요. 그래서 자위에 몰두했어요. 혼자 있을 때면 습관적으로 할 정도로 중독된 거죠."

영승은 자신과 비슷한 부분이 있어 귀를 쫑긋 세우고 들었다. 잠시 효묵은 기억을 더듬으며 피식 웃었다.

"그러다 오줌 눌 때마다 아프고, 오줌 색도 약간 분홍빛을 띠기에 병원에 갔죠. 걱정해서 함께 간 어머님께 의사 선생님은 방광염이라고 말씀하시고는, 공부에 집중하더라도 오줌을 너무 참지 말라고 하셨어요. 그런데 따로 주사 놓을 때는 뭐라고 했는지 알아요?"

"잘 모르겠어요."

"단도직입적으로 자위를 너무 하지 말라고 하더군요. 방광염은 항문에 있는 균이 앉아 있을 때 팬티에 묻었다가 서서 활동할 때 요도를 타고 방광까지 들어와 생기는 경우가 많은데, 남자는 그럴 확률이 지극히 적다고요."

"엥?"

"다만 자위를 많이 하면 방광염과 증상이 비슷하대요. 그때 의사 선생님에게 부끄럽고 고맙고 마음이 참 복잡했어요. 하하. 나중에 그 의사 선생님 말씀을 잘 듣게 되었죠."

효묵은 활짝 웃었다. 영승도 따라 웃었다.

"처음에는 탈출구로 생각했지만 그게 오히려 저를 가뒀던 거예요. 그런데 영승 학생은 저에게 없던 것이 있습니다. 바로 이것."

효묵은 원 안에 있던 단어 중 죄책감에 밑줄을 좍좍 그었다.

"사람은 무언가를 잘못했을 때 죄책감을 느껴요. 즉 잘못했다면 죄책감을 느껴야 정상입니다. 잘못했는데도 뻔뻔하게 잘못을 느끼지 못하면? 비정상이에요. 사이코패스는 죄책감을 못 느껴서 나쁜 짓을 계속하지요. 그래서 영승 학생의 죄책감은 나쁜 게 아니라 좋은 거예요."

영승은 고개를 흔들었다. 반대로 효묵은 고개를 끄덕였다.

"친구의 물건을 잃어버리고 죄책감을 느끼지 않고 '그깟 것 가지고 뭘 그러냐'고 오히려 화내는 사람은 친구 관계가 좋을까요?"

"아니요."

"죄책감을 느껴서 미안하다고 사과하고 다음에는 잃어버리지 않기 위해 소중하게 간직하는 사람은 친구 관계가 좋을까요?"

"그야 당연히 좋겠죠."

"저는 자위하며 나쁜 상상을 했는데도 죄책감이 없었어요. 단지 아파서 병원에서 치료받으면서 더 이상 자위 자체를 하지 않게 되어 중독에서 벗어났죠. 여기까지 들으면 해피엔딩 같죠?"

"네."

"하지만 자위를 하며 했던 상상이 문제였어요. 나중에 정말 사랑하는 사람을 만나서 스킨십을 하고, 성인이 되어 책임을 질 만한 성적 행동을 하게 되었을 때 어떻게 할지를 몰랐어요. 사랑하는 사람인데도 머릿속에 떠올린 건, 그전에 죄책감도 없이 자위하면서 상상한 범죄에 가까운 행동이었어요."

영승은 자신이 상상했던 것을 떠올리며 효묵의 이야기를 들었다.

"만약 내가 죄책감을 느끼고, 좀 더 건강하게 사랑을 나누는 상상을 하며 자위를 했다면 어떨까요? 죄책감도 느끼지 않으면서 성적 본능도 해소하고, 실제 성인이 되어 애인에게 애정 표현을 할 때 더 좋지 않았을까요?"

"그건 그래요."

영승은 언젠가 만날 소중한 누군가를 그려 보았다. 가슴에서 뭔가 뻐근함이 느껴졌다. 미래의 애인과는 자위할 때 상상했던 폭력적인 장면이 연결되지 않았다. 연결하고 싶지도 않았다. 사랑하는 사람을 만나면 완전 다른 상상을 하리라 다짐했다.

"본능을 해결하는 데 누군가가 범죄 행위로 찍은 영상을 보는 것은 죄 맞아요. 마음속에서 상대를 함부로 하는 것도 마음의 죄 맞고요. 그 죄에 대한 책임을 느끼는 것은 건강한 거예요. 문제는 그 죄를 반복하고, 죄책감을 계속 느끼는 거지요. 친구의 물건을 계속 잃어버리면서 죄책감을 계속 느끼는 사람도 친구 관계가 좋아질 수는 없는 것처럼, 느꼈으면 행동도 변해야 해요."

"어떻게요?"

"음란물에서 일단 멀어져야 해요. 음란물은 범죄 행위를 통해서 얻은 게 많고, 그것을 본 자신도 변태이고 부도덕하다고 자책하기 쉬워요. 그런데 음란물 유혹에서 벗어나려면 벗어날 힘이 있어야 하잖아요? 죄책감은 힘을 빼앗아요. 그러니 죄책감을 느끼게 하는 음란물보다는 멋진 사랑을 꿈꾸려고 스스로 애써야 해요. 성욕이 추잡하다고 생각하는 이유는 사랑이 없이 욕망만 해소하려고 하기 때문이잖아요. 사랑이 있는 성욕을 가지면 어떨까요?"

"사랑이 있는 성욕?"

"성욕 해소를 위해 사랑하는 것이 아니라, 사랑하는 관계에서 사랑을 표현하는 방법의 하나로 성행위가 있다고 생각하면 자위로 죄책감을 느끼지 않게 되겠죠. 그러자면 사랑이 무엇인지부터 따져 봐야겠죠? 어떻게 하면 더 자극적일까를 상상하기 이전에."

영승은 살짝 고개를 끄덕였다.

"자기에게 맞는 사랑이 뭔지 알게 되면 실제 연인이 생겼을 때 나누고 싶은 성적인 표현과 교감을 떠올리기가 쉬워요. 저도 사랑을 이성적으로 물어보고 따지는 책을 뒤늦게 보고, 제게 맞는 사랑의 종류와 조건을 알게 되었어요. 그러고 나서 그 사랑을 가장 잘 살릴 수 있게 상상하는 쪽으로 바뀌었어요."

효묵은 책장에서 책을 꺼냈다.

"이 책에 나오는 보리 오빠가 좋아서 제 아이디를 보리 오빠로 했어요. 책 제목처럼 사랑을 정말 물어보게 되더라고요."

영승은 효묵이 건넨 책을 훑어보았다.

"이 책을 빌려줄 테니 다음 주 이 시간에 다시 상담할 때까지 꼭 읽고 와요."

영승은 책을 보면서 사랑에 조건이 있고, 행복을 위해서는 무조건 사랑하는 것이 아니라 사랑의 조건을 꼼꼼하게 따져 봐야 한다는 것을 깨닫게 되었다. 사랑의 조건이 많이 있다는 사실에 놀랐다. 그 조건보다는 육체적 사랑을 다양하게 나누는 모습을 더 많이 떠올린 자신을 반성했다.

한 주가 흘렀다. 효묵이 보기에 상담하러 온 영승의 표정이 한 주 전보다 확실히 더 밝아졌다. 영승이 보기에 효묵의 인상도 그렇게 무섭지만은 않았다.

효묵은 미소를 지으며 물었다.

"이제 사랑에 대해서 알게 되었지요? 그러면 사랑을 실행해야겠지요?"

"네, 저도 그러고 싶지만 모태 솔로라서……."

영승은 한숨지었다.

"제가 미팅 주선자가 아닌 상담사라 아쉽네요."

"아니에요."

영승은 웃으며 손사래를 쳤다. 효묵도 웃으며 말했다.

"사랑을 제대로 하려면 사랑과 거리가 먼 행동부터 하지 말아야겠죠?"

"네."

"원래 연애 고민이 아니라 자위 때문에 이번 상담을 하게 된 것이긴 하지만 이번 기회에 확실히 문제 해결을 해야지요."

영승은 얼어붙었다.

"그런데 자위의 빈도도 줄여야 해요. 빈도가 높으면 본능을 따라 더 자극적인 것을 찾다가 질 나쁜 유혹에 굴복할 기회도 그만큼 많아지는 거니까요."

효묵은 차분히 설명했다.

"무작정 억제하는 게 아니라, 일단 3일간 어떤 일이 생겨도 자위를 하지 않겠다는 식으로 작은 목표를 두고 노력해 보는 거예요. 그리고 성공하면 1주일, 열흘, 보름, 20일로 참는 시간을 늘려 보는 거예요."

효묵은 이렇게 말하고는 몸을 앞으로 기울였다. 깜짝 놀란 영승은 몸을 뒤로 젖혔다. 그럴수록 효묵은 더 다가왔다.

"여기서 핵심! 일주일 동안 참고 나서 한꺼번에 밀린 일 하듯이 자위를 하겠다고 생각하면 안 돼요. 멀어질 행위가 아니라, 보상이 되어 버리니까요. 그보다는 자기 자신에게 휴식 주기나 칭찬하기 혹은 자신이 좋아하는 다른 일을 하는 식으로 보상해야 해요."

영승은 효묵이 더 다가올까 싶어 이해한 척 고개를 끄덕였다. 하지만 효묵은 속지 않았다.

"성욕은 자연스럽게 몽정이나 짧은 자위로 해소하려 해야지, 자위를 자신에 대한 보상처럼 쓰면 안 돼요. 그것은 마치 술을 끊겠다고 한 사람이 일주일 금주 후에 술을 막 퍼마시는 것과 같아요. 더 큰 문제를 만들 수도 있답니다."

영승은 머리로는 이해했지만, 정말 될까 싶은 의구심의 표정을 감출 수 없었다. 효묵은 인터넷 강의 속 공식을 설명하는 수학 강사처럼 글자와 화살표 등을 그려 가면서 설명했다.

"성욕은 성행위로만 풀리는 게 아니에요. 성행위와 유사한 자위로만 풀리는 것도 아니고요. 스트레스받을 때마다 정신적 탈출구 삼아 습관적으로 자위할 게 아니라 다른 행동을 해 보는 것도 좋아요. 글을 쓰거나, 악기를 배우거나, 그림을 그리거나, 운동하는 식으로 스트레스에 의한 긴장을 풀고, 에너지를 다른 곳에 쓰면서도 행복을 느끼도록 자기 자신을 바꿔야 해요."

"저는 글을 잘 못 쓰고, 다룰 줄 아는 악기는 초등학교 때 억지로 배운 피아노, 그림도 잘 못 그리고, 운동에도 재능이 없는데요?"

"지금 그것들을 잘 해내라고 말하는 게 아니에요. 그것 중 하나라도 해 보면서 에너지를 분산시키라는 거죠. 욕구가 한 번에 폭발하지 않게 일단 그 에너지를 다른 곳에 쏟아 보라는 거지, 그것으로 경쟁에서 성공하라는 게 아니에요."

영승은 쉽게 마음이 움직이지 않았다. 효묵은 그런 영승을 보며 말했다.

"결과를 단기간에 빨리 봐야 직성이 풀리는 사람일수록 좀 막연해 보이는 것에도 도전해야 성향이 바뀌어요. 자위는 금방 쾌감을 주는 거잖아요? 마음을 그런 즉각적인 목표에만 반응하도록 만들어 놓으면 자위뿐만 아니라, 세상의 자극적인 것들에 중독되기 쉬워요. 그런 중독자가 되고 싶은 것은 아니죠?"

"당연히 아니에요."

"성공 여부를 즉각적으로 판단할 수 있는 일이 아니라, 계속 몰입해야 하는 기술을 가지려 해 봐요. 요리, 제빵, 노래, 춤, 글 등등. 다른 사람이 인정하기 전에 자신이 맘먹은 대로 결과물을 내기까지 시간과 노력을 들여야 하는 것으로요."

단호하게 말하던 효묵이 히죽 웃으며 말했다.

"저는 그림을 그리는 것보다 사진을 찍는 게 더 편할 줄 알고 사진을 선택했어요. 그런데 사진을 잘 찍으려면 셔터를 누르기만 해서는 안 되더라고요. 방광염을 치료한 후에 의사 선생님이 다른 취미를 가져 보라고 권해서 사진 찍는 데 몰두하다 보니 자위하는 횟수가 줄어들었어요."

"그렇다면 제가 뭘 해야 좋을까요?"

"제가 정해 주면 일단 따라올 건가요?"

"아까 선생님이 말씀하신 것처럼 문제를 해결하자고 상담 신청한걸요."

"이곳에서 자원봉사를 하면 어때요?"

"네? 그것은 지난주 서약서 낼 때 상담비 대신 노동을 제공한다고 이미 표시했는데요?"

"아니, 남보다 두 배로 하는 거예요."

"두 배요? 뭘요?"

"아, 그 종류는 우리가 정해 줄게요. 일은 많으니까."

"대충 어떤 일이에요?"

영승은 불안하게 눈을 굴렸다.

"옛날 공장이었던 곳에서 나온 기자재를 가지고 새로운 물건으로 만드는 업사이클링 팀도 있고, 경제적으로 힘든 가정의 아이들을 모아서 선배로서 공부를 가르쳐 주거나, 지저분한 곳을 청소하는 등 할 일은 많아요."

"엥?"

"어때요? 생각만 해도 자위할 시간이나 에너지가 남아 있지 않을 것 같죠? 이렇게 원하는 바를 이루기 위해 자신에게 제한 조건을 만드는 것을 심리학에서는 커미트먼트라고 해요."

효묵은 세미나실 테이블 위에 놓여 있던 빈 종이에 영어로 커미트먼트commitment를 쓰고, 영승에게 보여 줬다.

"습관적으로 음주 운전하던 사람이 아예 차를 없애는 것도 커미트먼트예요. 자위를 줄이는 커미트먼트로는 뭐가 있을까요?"

잠시 영승은 머리를 굴렸다.

"자위를 할 수 없도록 방에 있을 때는 손을 묶어 놓거나……."

효묵이 웃으며 말했다.

"손을 못 풀게 어떻게 혼자 묶어요?"

"아, 그러네요."

영승의 얼굴이 달아올랐다.

"그보다는 혼자 방에 있는 시간을 줄이는 게 어떨까요? 거실에서 자거나. 만약 컴퓨터로 야한 영상을 보고 자위하는 경우가 많다면 컴퓨터를 아예 거실로 옮기는 것은 어떨까요?"

효묵은 신이 난 것처럼 목소리를 높였다.

"그게 힘들면 정부 기관에서 배포하는 음란물 차단 프로그램을 깔고요. 잠이 잘 오지 않아 자위하게 될 가능성이 있다 싶으면 그 전에 아예 녹초가 되게 팔굽혀 펴기를 하는 것도 방법이에요. 하체에 자극이 가는 운동을 하지는 말고요."

효묵이 찡긋 윙크했지만 영승의 표정은 심각했다.

"그래도 너무 힘들지 않을까요?"

"조금 전에 각오했다고 하지 않았나요? 그리고 힘들지 안 힘들지는 아직 모르잖아요? 오히려 지금 자위로 죄책감과 후회 속에서 힘들어하는 것은 확실하니 일단 피해야 하지 않나요?"

"더 스트레스를 받을 거 같아요."

"정말로 스트레스를 받으면 바꿔 줄게요. 왜냐하면 자위하고 난 뒤 후회하는 것이 왜 여기서 봉사한다고 했나 하는 후회로 내용만 바뀌면 안 되니까."

효묵은 종이에 커미트먼트라고 쓴 다음 영승이 서명할 수 있게 보여 줬다.

"어차피 실행할 것이고, 나중에 서약을 파기할 수 있는 조항도 있으니 진심으로 자신을 바꾸고 싶다면 서약하지 않을 이유가 없겠죠?"

영승은 서약서를 봤다. 자신이 뱉은 말들을 바탕으로 조건들이 적혀 있었다. 그리고 일단 어떤 일이든 세 번 해 본 다음에 싫다고 하면 언제든 그만둘 수 있다는 조항에 마음을 놓았다.

"그래도 결국 또 후회하게 되면 어떡해요? 여전히 자위도 하고 봉사하는 게 힘들어 괴롭기만 하면 어떡해요?"

"물론 그럴 수도 있어요. 하지만 아직은 모르는 거잖아요? 지금처럼 계속 살면 후회가 쌓일 것은 확실하고요."

영승은 눈을 좌우로 굴리면서 머릿속으로 어떤 후회가 더 클지 계산했다. 효묵은 또렷또렷한 목소리로 말했다.

"후회는 과거의 일에 대한 거잖아요. 하지만 이 자원봉사 과제를 실행하느라 에너지를 쏟아서 자위를 줄이고, 자위할 때 상상하는 내용도 다르게 하면 미래엔 후회할 일이 생기지 않을 테니 자연적으로 해결될 가능성이 크겠지요?"

영승은 결국 추가 서약서에 사인했다. 효묵은 환하게 미소를 지었다. 영승은 효묵이 단지 자신에게 봉사를 신나게 시킬 수 있다는 뜻으로 미소를 짓는 줄 알았다. 효묵의 미소에는 다른 의미가 담겨 있었다.

생각의 징검다리

긍정심리학을 통한 변화의 기술 ?!!

효묵이 영승을 상담할 때 주로 쓴 방법은 긍정심리학(positive psychology)에 바탕을 두고 있습니다.

긍정 심리학은 낙관주의(optimism)와 통하는 면이 많이 있지만 본질적인 출발점이 다릅니다. 낙관주의가 안 좋거나 중립적인 상황도 가급적 더 좋은 면을 강조해서 보겠다는 쪽이라면, 긍정심리학은 좋은 것은 좋다고 하고, 안 좋은 것은 안 좋은 것이라고 하고, 중립적인 것은 중립적이라고 있는 그대로 이해하자는 쪽이지요.

긍정심리학의 '긍정(positive)'은 철학의 실증주의(positivism)에서 말하는 긍정에 가깝습니다. 있는 것은 있다고 하는 게 긍정입니다. 없는 것은 없다고 하는 게 현실 긍정입니다. 없는데 있다고 하거나, 있는데 없다고 하는 것은 현실 부정입니다. 자위에도 좋은 면이 있는데, 자위는 나쁜 것이라고 믿는 것도 현실 부정입니다.

사이코패스는 죄책감을 느끼지 않습니다. 죄책감을 느끼지 않아서 끔찍한 범죄도 쉽게 일으키지요. 그리고 같은 잘못을 반복합니다. 죄책감을 느끼면 잘못한 경험을 다시 반복하지 않으려 노력합니다. 더 나은 인간이 되려고 합니다. 죄책감에도 이렇듯 긍정적인 면이 있는데 마냥 나쁜 것이라고 생각하면? 그것은 현실 부정, 현실 왜곡입니다.

효묵은 영승에게 자위의 긍정성을 이해하게 했습니다. 자위의 질과 양의 나쁜 문제도 이해하게 했지요. 영승은 거기에서 문제해결의 전환점을 얻었습니다. 여러분이 자위로 고민하지 않고 다른 문제를 겪더라도 새로운 변화를 만드는 긍정 심리학의 원리를 적용할 수 있습니다.

사랑 없이 스킨십을 하려고 하는데 사랑에서 나온 행동이라고 강요하거나 믿는 것은 현실 부정입니다. 꿈을 향한 도전과 노력이 아니라 특정 직업을 택했을 때 얻을 이익만 생각하는 사람에게 "꿈이 많다"고 말하는 것도 현실 부정입니다. 친구라면서 자기에게 계속 무리한 요구를 하는 사람을 자기 보호를 위해 쳐내지 못하고 계속 친구라고 생각하는 것도 현실 부정입니다. 이 책에서 앞으로 더 많이 확인하게 되겠지만 새로운 변화는 기본적으로 정확한 현실 긍정에서 나옵니다. 다시 강조하지만, 무조건 좋게 보려고 하는 게 긍정이 아닙니다.

현실 긍정을 하게 되었다고 모든 문제가 바로 해결되지는 않습니다. 맞습니다. 이게 부정할 수 없는 사실입니다. 하지만 적어도 변화를 향한 중요한 첫발을 내디딜 수는 있습니다.

효묵은 현실 긍정을 바탕으로 다른 조언을 합니다. 개인적 본능에 감정이 움직여 자위하고, 자위하고 나서 죄책감이라는 감정이 움직이고, 또 자위했다는 돌이킬 수 없는 과거에 후회하는 영승의 심리 구조를 바꾸기 위해 자원봉사를 제안했지요. 왜일까요?

사람의 감정에는 본능, 죄책감, 후회만 있는 게 아닙니다. 이것 역시 긍정할 수밖에 없는 사실입니다. 다른 사람을 도우면서 연민과 공감을 느끼고, 죄를 짓는 게 아니라 남을 돕는 자신이 좋은 사람이라는 자신감을 얻고, 앞으로 사람들에게 더 도움이 될 수 있도록 노력하겠다는 의지와 함께 자신에게 기대하게 해 주고 싶었던 것입니다. 자원봉사를 통해 자신은 좋은 사람이라는 이미지를 더 많이 갖게 되면 본능에 끌려 자위하게 되어도 죄책감을 덜고 더 당당해지지 않을까요?

효묵이 영승에게 했던 긍정성을 찾는 상담의 요소를 여러분 자신의 문제에 적용해 보세요. 특히 자신의 부정적인 면이라고 생각했던 것에요. 그러면 분명 효과가 있을 것입니다. 티모시 윌슨(Timothy D. Wilson) 교수는 적어도 2주 이상 자신을 긍정하는 간단한 메모를 하는 것만으로도 놀라운 변화를 얻을 수 있다고 말합니다. 남에게 보여 줄 필요도 없으니 잘 쓰려고 하지 말고, 솔직하게 '있는 것은 있다', '없는 것은 없다', '잘못한 것은 잘못했다', '잘한 것은 잘했다'라고 써 보세요. 자기에 대한 성찰이 바뀌고, 자기가 생각하는 자기의 이미지가 바뀌면, 더 나은 사람이 된 자기에 걸맞은 더 좋은 행동을 하려고 노력하게 된답니다.

추천 도서

《마틴 셀리그만의 긍정 심리학》, 마틴 셀리그만 지음, 김인자·우문식 옮김, 물푸레, 2014.

너무 힘든데도 친구의 부탁을 거절하지 못하겠어요

3.

윤수는 지난 겨울방학 때 처음으로 '앤의 오두막'을 알게 되었다. 상담이 아니라 차상위 계층 청소년 진로 지원 사업 때문에 갔었다. 그때 효묵과 한별을 만났고, 두 명 모두 상담한다는 것도 알게 되었다.

처음에는 효묵에게 진로 상담을 요청했다. 경제적 형편 때문에 비싼 학비가 드는 대학에 갈 엄두가 나지 않았기 때문이다. 대학에 가지 않는데 공부를 해서 뭐하나 싶어 학교생활도 재미없어졌다. 중학교 3학년 때 어느 고등학교에 갈지 정해야 하는 것도 고민이었다.

효묵은 무엇을 하고 싶어서가 아니라 일단 대학은 가기 힘드니까 어쩔 수 없이 선택하는 게 정말 진로 문제의 해결이 될 수 없다고 지적했다. 몸을 움직이며 직접 좋아하는 것을 찾으라며, 윤수에게 센터의 다양한 활동에 참여해 보라고 했다. 그러면서 자신과 비슷한 가정 형편인데도 대학에 간 사람과 고등학교 졸업하자마자 창업한 사람을 만났다. 윤수는 여러 대안을 비교하며 자신에게 맞는 길을 찾아가느라 진로 문제에 대한 고민은 사라졌다. 하지만 다른 고민이 생겼다.

중학교에 오면서부터 윤수는 친구를 많이 사귀고 싶었다. 하지만 경제적 형편 때문에 돈을 많이 쓰면서 친구를 사귈 수는 없었다. 대신에 누군가 부탁하면 잘 들어주는 맘씨 좋은 친구로 인정받고 싶었다. 그러다가 어떤 부탁도 거절하지 못하고 그 일을 해 주느라 남몰래 스트레스받기 시작했다. 그러다 보니 점점 많아지는 센터 아이들과 어울리며 새로운 친구를 사귀는 것이 부담되었다.

효묵과 이미 진로 상담을 해 본 경험이 있던 윤수는 이번에는 한별에게 상담을 신청했다.

"저는 친구와 잘 지내려고 무리한 요구도 웬만하면 참았어요."

윤수가 말하자 한별은 부드러운 목소리로 맞장구쳤다.

"저도 그랬어요. 누구나 친구와 사이좋게 지내고, 어른이나 가족들과 잘 지내고 싶어 하죠. 그래서 상대방이 좀 힘든 부탁을 할 때도 '내가 조금 힘들면 되지'라는 생각에 부탁을 들어줄 때가 많지 않았나요?"

"맞아요."

"많은 사람이 그래요. 거절하기보다는 상대방의 부탁을 들어주고 호의를 베푸는 편이 관계를 좋게 만드는 데 도움이 된다고 생각하죠."

한별은 잠시 말을 끊었다가 말했다.

"그런데 이상하지 않아요? 거절하지 않고 부탁을 다 들어주면서 관계가 좋다는 사람만 있는 게 아니라 불행하다는 사람이 많은 거 말이에요."

"그게 바로 저의 고민이에요."

한별은 부드러운 목소리로 말했다.

"윤수 학생은 이미 본인의 고민도 알고 있고 답도 알고 있네요."

"네?"

"부탁을 다 들어주려고 해서 불행한 거잖아요? 거절하고 싶지만 남을 도우며 꾹꾹 참으니, 정작 자기 자신을 돌볼 힘은 남아 있지 않게 된 거예요."

"저도 머리로는 거절해야 한다는 걸 아는데 막상 부탁을 받으면 거절할 수가 없어요."

"아니죠, 반대예요. 머리로는 상대방의 부탁을 들어주는 게 옳다고 생각하고 있어요. 가슴으로는 하기 싫은 거지요."

윤수는 눈을 끔벅거렸다. 한별은 윤수가 생각을 정리할 시간을 주었다.

"선생님, 솔직히 전 잘 모르겠어요."

"친구라면 내가 힘들어도 도와줘야 한다고 배웠죠?"

"네."

"그래서 머리로는 친구를 도와줘야 한다고 생각하는 거예요. 하지만 가슴으로는 무리한 부탁이라고 느끼니까 힘이 드는 거고요."

윤수는 깊이 한숨 쉬었다가 한참 후에 한별에게 물었다.

"그러면 전 어떻게 해야 하죠? 무조건 부탁을 거절해야 하나요?"

"아니요. 매번 딱 잘라 거절하거나 자기주장만 무조건 밀어붙이면 상대방이 상처를 입고 인간관계가 나빠지겠죠."

윤수는 더 깊은 한숨을 지었다.

"제 말에 머리가 복잡해지고 가슴도 더 답답해졌죠? '거절해도 힘들고 안 해도 힘들다면 대체 어쩌라는 거야?'라며 불쑥 화가 치밀 수도 있을 거예요."

"화는 …… 아니고요."

윤수는 뒷머리를 긁으며 말꼬리를 흐렸다. 반면에 한별은 천천히 힘을 줘서 말했다.

"자, 무조건이 아니라 부탁하는 사람의 유형과 부탁 내용 등 조건을 따져서 받아들일 것은 받아들이고 거절할 것은 제대로 거절하면 돼요. 그 전에 먼저 확실히 할 게 있어요."

"그게 뭔데요?"

"다른 사람들만 원하는 게 있는 게 아니라, 윤수 학생 자신도 원하는 게 있죠?

"그렇기는 하죠."

"친구들이 요구할 수 있는 것처럼 윤수 학생도 당당하게 원하는 것을 요구할 수 있어요. 거절도 나쁜 게 아니라 윤수 학생이 원하는 것을 요구하는 것뿐이에요."

맞는 말이었지만 윤수는 선뜻 마음이 움직이지는 않았다.

"그리고 윤수 학생은 인간이죠? 신이나 외계인은 아니지요?"

윤수는 어이가 없었다.

"당연히 인간이죠."

"그러면 무한대로 능력이 있거나 시간을 낼 수 있는 게 아니네요. 즉 언제든 뭐든지 다 해 줄 수는 없는 게 당연한 존재예요. 제한된 능력에 제한된 시간! 한계가 있으니 더 소중하게 자기 자신을 위해서도 그 자원들을 써야만 하는 거예요."

한별의 말에 마음이 움직이기 시작했다.

"자, 정리해 볼게요. 우리는 자신의 마음에 따라, 능력에 따라, 시간의 여유에 따라 다른 사람이 원하는 것을 들어줄 수도 있고 아닐 수도 있어요. 그러니까 거절하는 데 있어서 중요한 건 다른 사람이 아니라 바로 '나'예요. 많은 사람이 대개 '나'보다는 상대방을 더 많이 생각해서 거절하기 힘들다고 하는 경우가 많지요."

"아!"

윤수는 그동안 가지고 있던 생각의 허점을 제대로 깨달았다.

"조금 까칠해져도 괜찮아요. 오히려 솔직하게 자기 자신의 속마음을 보여 줄 때 관계가 더 건강해지는 경우가 많아요. 서로를 이해하고 맞출 계기를 얻을 수 있으니까요."

"그래도 제 경험을 보면 부탁을 들어줄 때 더 친해지는 기분이 들기는 했어요."

"하지만 억지로 부탁을 들어주며 참으면, 지금처럼 상담 올 정도로 스트레스를 받는 건 어쩔 수 없을 거예요. 스트레스를 받는데 어떻게 진심으로 친해질 수 있겠어요?"

윤수는 가슴에 한별의 말이 콕 박히는 느낌이었다.

"다시 말하지만 무조건 거절하라는 게 아니에요. 누가 하는 어떤 부탁이냐를 꼼꼼하게 따져 보라는 거지요."

"어떻게요?"

"원래 도와주고 싶은 사람이 윤수 학생이 할 수 있고, 해 주고 싶은 일을 부탁하면 문제가 없겠지요?"

"당연히 그렇죠."

"문제는 자신이 할 수 있는 일인데, 시간이 없거나 그렇게까지 해 주고 싶지 않은 사람이 부탁해서 굳이 하고 싶지 않을 때인 거잖아요."

"맞아요."

"그렇게까지 부탁을 들어주고 싶지 않은 사람과 친해져서 뭐하죠?"

윤수는 숨이 막혔다.

"그래도 많은 사람과 친해지는 게 좋잖아요."

"아니에요. 자, 생각해 봐요. 한 번이라도 재미있는 영화를 집중해서 보는 게 행복할까요, 아니면 별 흥미도 없는 평범한 영화 백 편을 보는 게 행복할까요?"

"당연히 재미있는 영화죠."

"그런데 왜 영화 감상을 양으로 경쟁하는 것처럼 친구를 사귀려고 그러죠?"

한별의 목소리는 부드러웠다. 하지만 그 부드러움 덕분에 날카로움이 더 느껴졌다.

"문제 해결은 간단해요. 말장난 같겠지만 잘 들어 봐요."

윤수는 침을 꼴깍 삼키고 한별의 말에 귀를 기울였다.

"하고 싶지 않거나 할 수 없는 일을 남이 요구할 때는 누구라도 스트레스를 받아요. 이런 경우 하고 싶지 않은 이유가 정말 무엇인지를 찾거나, 하고 싶지 않아도 마음을 고쳐먹고 해야 하는 이유를 찾거나, 하고 싶지 않은 이유를 상대방을 자극하지 않으면서도 전달할 방법을 찾거나, 지금은 할 수 없지만 나중에라도 할 수 있는 방법을 찾거나, 할 수 없다는 사실을 상대방에게 제대로 전달할 방법을 찾거나 하는 수밖에 없어요."

윤수는 한별의 말이 슬로우 랩처럼 들렸다.

"다시 한번 말씀해 주실래요?"

한별은 더 천천히 말했다. 윤수는 그 말을 받아 적었다. 그리고 자기가 정리한 글을 읽었다. 정말 이 방법밖에는 없을 것이라는 생각이 들었다.

"그래도 여태까지 부탁을 잘 들어줘서 친구를 사귀어 왔는데, 거절하면 친구를 잃는 건 아닐까 두려워요."

"어떤 일이 벌어질지 모른다는 것은 사람을 불안하게 만들어요. 약한 거절부터 시작해 보세요. 절대 안 한다고 말하는 게 아니라, '나중에 해 줄게.'라고 말하고 반응을 보는 거예요. 친구의 부탁 중 일상적이고 가벼운 것부터 거절해 보기도 하고요. 거절하면 실제로 어떤 일이 일어나는지를 보는 거죠. 걱정했던 바대로 상대가 격렬하게 반응하거나 우정에 금이 가는지를 확인해 보는 거예요."

윤수가 느끼기에는 처방이 추상적이었다. 그래서 한별에게 물었다.

"이번 달에 옆에 앉게 된 짝이 자꾸 학용품을 빌려 달래요. 남의 물건을 함부로 쓰고, 빌려 가서 안 가져오는 거로 유명해요. 실제로 제 거 빌려 가서 안 가져오고는 또 다른 것을 빌려 달라고 해요. 그렇다면 어떻게 해야 할까요?"

"혹시 거절이라고 하니까 '지난번 것도 아직 주지 않았으니 싫어!'라고 말하려는 건 아니지요? 상대가 원하는 것은 지금 당장 빌려 달라고 하는 것이니까, 그 요구만 들어주지 않아도 돼요. 즉 '지금은 내가 쓰니까 조금 있다가 다 쓰면 빌려줄게.'라고 말하거나, '이건 특별한 징크스가 있는 필기구라 빌려주기 힘들어. 다른 애에게 빌려 볼래?' 같이 조건을 추가하는 식으로 거절해 보는 거예요."

윤수는 머릿속으로 상황을 상상했다. 그 사이 한별이 덧붙였다.

"윤수 학생이 가진 특정 학용품 아니면 안 된다고 요구한 것이 아니라면 그 거절을 상대도 심각하게 생각하지는 않을 거예요."

"그럴 거 같아요."

"이렇게 사소한 것부터 거절하기 시작하면 상대방은 '내가 원하는 것을 뭐든지 말하면 들어주는 애는 아니네.'라는 마음이 조금씩 쌓여서 무리한 부탁을 그만큼 덜 하게 돼요. 윤수 학생은 거부해도 정말 걱정했던 상황이 벌어지지 않는 것을 확인하면 좀 더 용기를 낼 수 있으니 일거양득이지요."

"네, 이제 이해가 되네요."

"거절하면 나쁜 사람이 된다는 생각에서 벗어나야 해요. 주변 친구들이 '아, 저 사람은 참 좋은 사람이야.'라고 하는 사람도 잘 살펴보면 모든 사람의 부탁을 들어주는 것이 아니라 지혜롭게 거절하면서 살고 있음을 확인할 수 있을 거예요."

한별은 상담하면서 실천해야 하는 과제 약속을 안 지킨 학생에게 삼진 아웃제도를 만든 이유도 좋은 거절을 실행하고, 좋은 학생들을 많이 만나 더 깊게 관계를 맺기 위해서라고 말했다. 윤수는 지혜로운 거절이 무엇인지를 느꼈다.

한별은 윤수에게 착한 아이 콤플렉스를 설명하고, 상대방의 유형별 거절법도 알려 줬다. 윤수는 자신이 착한 아이 콤플렉스에 걸려 있었음을 깨닫고, 실생활에 거절법을 적용했다. 효과가 있었다. 스트레스도 덜 받고 인간관계의 질도 좋아졌다. 친한 친구들에게 더 집중하니 재미있는 영화를 보는 것처럼 신났다.

특히 윤수는 영승이 센터를 오가며 나아지는 모습을 보는 게 좋았다. 영승이 센터가 익숙하지 않아 헤맬 수 있는 것, 효묵과 다른 청년들을 오해할 수 있는 부분 등에 대해서 이야기해 주기도 했다. 상담 안내처럼, 부탁하지 않아도 친구를 위한 마음으로 뭔가 먼저 해 줄 수 있다는 게 뿌듯했다. 적당한 거절을 통해 자기를 돌볼 힘이 생기니까 오히려 남을 배려할 마음의 여유가 생긴다는 사실을 깨달았다.

생각의 징검다리

거절을 힘들게 하는 심리 장애물

거절을 막는 심리 장애물 중 가장 큰 것이 바로 착한 아이 콤플렉스입니다. 사람들은 착한 아이, 착한 여자, 착한 남자, 착한 사람이라는 인정을 받기 위해 자신의 욕구를 억압하려는 경향이 있는데, 이것을 착한 아이 콤플렉스라고 불러요.

착한 아이 콤플렉스는 착하다는 개념을 매우 단순하게 왜곡시켜요. 즉 자신의 기준으로 무엇이 착한지, 사회적으로는 무엇을 착하다고 보는지를 꼼꼼하게 살피기보다는 그저 '말 잘 듣는 것은 착한 것'이고 '말 잘 듣지 않는 것은 착하지 않은 것'이라고 생각해 버리죠. 다른 사람의 말이 곧 내가 따라야 하는 이유가 되는 것처럼 생각하게 됩니다.

착한 아이 콤플렉스에 빠지면 '다른 사람의 말을 듣지 않으면 나는 착하지 않은 것이고, 착하지 않으면 다른 사람에게 사랑받을 수 없다'고 강하게 믿게 되어 다른 사람의 말을 거절할지 말지를 심각하게 고민하게 돼요.

'내가 착하게 굴면 다른 사람들이 행복해지고 그 보답으로 나도 인정해 주고 사랑해 주고 아껴 줘서 나도 행복해질 거야!'

착한 아이 콤플렉스에 빠진 사람의 생각을 잘 살펴봐요. 내가 행복해지는 기준이 자신에 대한 사랑이 아니라 다른 사람의 인정과 사랑이에요. 그러니 상대가 기대하면서 요구한 것에 자기가 어긋나게 반응하면 '착하지 않은 놈'으로 찍힐까 봐 정작 자기 마음은 돌보지 못하고 병들게 되지요.

착한 아이 콤플렉스에 걸리면 교사, 부모, 선배, 자기보다 힘이 세거나 공부를 잘하는 친구 등 자신이 인정하는(혹은 인정할 수밖에 없는) 사람의 요구를 들어주면 자신이 인정받는 것 같아 잠시나마 안정감을 느껴요. 하지만 자신이 한 행동이 자기 의지와 다르게 움직인 것이기 때문에 곧 답답해지지요.

그렇다면 어떻게 착한 아이 콤플렉스에서 벗어나 현명하게 거절할 수 있을까요? 착한 아이 콤플렉스에 빠진 사람은 무리한 요구를 받는 경우 '이 사람이 나쁜 사람일까?'라고 생각하기보다 '이렇게 거절하면 내가 나쁜 사람일까?'를 더 많이 고민해요.

하지만 반대로 고민해 보면 어떨까요? 즉 '이런 요구를 하는 이 사람은 나쁜 사람일까?'를 더 많이 고민하는 게 좋아요. 그 사람이 나쁜 사람이라면 굳이 요구를 따르지 않아도 나는 나쁜 사람이 되지 않겠죠. 그래서 나쁜 사람을 신고하거나 거절하거나 멀리하는 것은 비겁하거나 나쁜 일이 아니라 오히려 착하고 좋은 일이 되고요.

본질적으로 문제를 해결하려면 착한 사람으로 인정받으려 노력하지 않으려는 결심이 필요해요. 진짜 못되게 굴어야겠다고 결심하라는 게 아니에요. 그냥 1%만 덜 착하게 행동하기를 실행해 보라는 거죠. 그래도 다른 사람들과의 관계가 끝장나지 않고 그런대로 유지가 된다는 것을 확인하면 용기를 갖고 또 1% 덜 착하게 행동할 것을 찾아 실행하면 돼요.

대단하게 나쁜 짓을 기획하라는 게 아니라, 상대의 기분을 풀어 주려 내 잘못이 아닌 일에 대해 사과하지 않기와 같은 것부터 시작하자는 거예요. '내가 이렇게 하면 다른 사람들이 짜증 낼지도 몰라'나 '나를 나쁘게 생각할지도 몰라'라고 생각해서 습관적으로 하던 일들을 하지 않는 것에 도전해 보세요. 설령 부정적인 평가를 받더라도 미리 두려워했던 것만큼은 아닐 거예요.

착한 아이 콤플렉스에서 말하는 '착함'은 다른 사람의 기준에서 착한 거지, 진짜 윤리적으로 착하다 아니다의 문제가 아니에요. 객관적으로는 큰 문제가 아닌데 단지 상대가 기분 나쁘다고 해서 죄책감을 느낄 필요는 없어요.

착한 아이 콤플렉스에 빠진 사람은 전부 아니면 아무것도 아니라는 극단적인 사고를 해요. 즉 타인의 기대에 완벽하게 부응하지 않으면 소용없고 나쁜 것이라고 착각하죠. 그게 바로 병을 만드는 핵심이니까 이분법적인 생각에서부터 벗어나야 해요.

전부 해 주지 않아도 일단 도움을 주면 상대방은 감사하게 되어 있어요. 만약 감사할 줄 모른다면 굳이 도움을 줄 가치가 없는 사람인 거고요.

착한 아이 콤플렉스가 없더라도 어떤 부탁을 거절하는 게 부담스러울 수 있어요. 그 이유를 잘 분석해 보면 '누가', '무엇을' 요구하느냐에 따라 다르고, 또 그에 따라 거절의 수위가 달라진다는 것을 알 수 있어요.

첫 번째, 계속 사귀고 싶은 친구가(누가) 여러분이 할 수 있고, 하고 싶은 일을(무엇을) 부탁해 오면 어떨까요? 굳이 거절할 필요가 없으니 선택은 쉬워요. 즉 상대방이 원하는 것을 그냥 들어주면 되니까.

두 번째, 계속 사귀고 싶은 친구가(누가) 여러분이 할 수는 있지만, 하고 싶지 않은 일을(무엇을) 부탁해 오면 어떨까요?

예를 들어 새로 사귄 친구가 자기 생일에 노래해 달라고 부탁하면 어떨까요? 노래를 못 부르는 사람에게는 부담이 돼요. 하지만 노래를 제법 부르는 사람에게는 괜찮죠. 하지만, 친구가 원하는 것이 코스튬플레이 옷을 입고 벌칙을 수행하는 것처럼 노래를 부르는 것이라면요?

눈치챘나요? 중요한 것은 상대방의 요구가 객관적으로 얼마나 무리하냐가 아니에요. 주관적으로 자신이 하고 싶은 일이냐 아니냐예요.

이럴 때는 부탁을 들어줄지 말지를 고민하기 전에, 내가 이런 무리한 부탁을 하는 상대방을 계속 만날 필요가 있는지 아닌지를 먼저 고민해야 해요. 내가 싫어하는 일이 무엇인지에 관해 관심 없는 상대를 위해 계속 노력해야 할지 말지는 자연스럽게 결정하게 돼요. 그런 고민의 과정을 통해 진짜 친구를 찾을 수 있어요. 아무에게나 이리저리 휘둘리지 않고, 자신의 마음을 알아주는 진짜 친구에게는 마음을 터놓고 소통하는 재미에 푹 빠지게 되죠.

세 번째, 계속 사귀고 싶은 친구가(누가) 여러분이 할 수 없고, 하고 싶지도 않은 일을(무엇을) 부탁해 오면 어떨까요? 이 경우에 거절하는 마음을 먹는 것 자체는 그렇게 힘들지 않아요. 할 수 없으니까 거절하지 않더라도 결과는 그 사람의 부탁을 들어주지 못할 확률이 높으니까. 단, 문제는 상대 기분이 나쁘지 않게 거절하기죠.

예를 들어, 친구가 용돈을 벌고 싶다며 여러분에게 아르바이트를 함께하자고 해요. 그런데 그 아르바이트가 음료수 상자를 트럭에 싣는 것이라면? 내가 몸이 약하면 할 수도 없고 하고 싶지도 않은 일이죠. 혹은 길거리에서 전단을 나눠 주는 일이라면요? 낯을 많이 가리는 사람이라면 할 수도 없고 하고 싶지도 않은 일이죠.

이런 상황에서 거절하지 않고 친구 부탁을 들어주면 좋은 결과가 있을까요? 힘에 부쳐서 음료수 상자를 떨어뜨리거나 중간에 내가 다치거나, 전단을 소극적으로 나눠 줘서 할당량을 못 채웠다고 친구와 함께 혼날 확률이 더 높아요. 그때 돼서 "할 수도 없었고, 하고 싶지도 않았어."라고 솔직히 말해도 친구는 핑계로 느낄 거예요. 그런 친구들은 주로 이렇게 말해요.

"그렇게 싫으면 진작 말하지 그랬어."

그러면 어떻게 해야 할까요? 나중에 말하지 말고, 친구가 부탁해 온 바로 그때 할 수 없음을 증명하는 예전 사례를 조목조목 들어가면서 원하는 결과를 얻을 수 없음을 차분하게 이해시켜야 해요.

여러분이 힘이 없거나 낯가림이 심하다면 부탁하는 친구도 자기 부탁을 받아들이거나 잘해 내리라고 기대하지는 않을 거예요. 그래서 여러분이 거절해도 서운한 마음이 그렇게 크지는 않죠. 그러니 그냥 부드럽게 거절해도 돼요.

■ 추천 도서

《죄책감 없이 거절하는 용기: 웃으면서 거절하는 까칠한 심리학》, 마누엘 스미스 지음, 박미경 옮김, 이다미디어, 2016.

그냥 다
재미없고
시시해요

4.

6월 중순 어느 늦은 오후, 앤의 오두막 2층 세미나실에는 한 중학교 3학년생이 시뻘건 얼굴을 테이블에 밀착시키고 씩씩거리고 있었다.

"이름이 황은평이라고 그랬지? 좀 일어날래?"

효묵은 애써 목소리를 낮추며 말했다. 이번 상담은 자원봉사를 조건으로 받지 않았다. 은평의 엄마가 '앤의 오두막' 소문을 듣고 돈을 주고 상담을 신청했다. 그런데 정작 은평 본인은 상담하기 싫다고 했다.

은평은 상담실에 들어와서도 싫은 티를 팍팍 내며 한쪽 팔로 턱을 괴고 있다가 아예 그 팔을 죽 뻗어 얼굴을 테이블에 처박았다. 앞 단추를 거의 푼 반소매 교복은 은평의 상체 대부분을 드러내서 마치 천을 휙 던져 몸을 대충 덮어 놓은 듯 보였다.

존댓말을 쓰며 영승을 상담할 때와 다르게 효묵은 매섭게 말했다.

“일어나라고 한 말 못 들었어?”

은평은 고개를 들었다. 효묵이 채근하자 180센티미터가 넘는 키에 덩치도 큰 은평은 몸싸움도 불사하겠다는 눈빛으로 효묵을 째려봤다. 효묵도 매섭게 째려보자 슬쩍 시선을 피했다. 대신에 의자에 어깨만 기대고 몸을 푹 파묻어서 거의 눕다시피 했다.

“아무것도 하고 싶지 않아요.”

“안 그래도 우리 지금 아무것도 하고 있지 않잖아.”

“그러니까 그냥 버스 타고 가게 해 줘요. 엄마에게는 상담했다고 할게요.”

“아니, 어머님이 한 시간 있다가 온다고 하셨으니 나랑 함께 있어야 해.”

은평은 다시 팔을 쭉 뻗어 테이블에 얼굴을 파묻었다. 효묵은 한숨을 쉬었다.

“잠깐만 있어 봐.”

효묵은 상담실 밖으로 나가 4층 숙소에서 쉬던 한별을 불렀다. 다른 상담은 잘할 수 있지만, 은평과 같은 유형은 상담 책에서 보며 연습할 때와 달랐다. 효묵은 감정이 폭발할 것 같았다. 한별이 미소를 지었다.

“또 올 것이 왔나 보네.”

한별은 효묵의 안내를 받아 주로 남자 상담실로 쓰는 2층의 가장 작은 세미나실로 들어갔다.

"급한 일이 생겨서 나 대신 박한별 상담 선생님이 너와 함께할 거야."

효묵이 한별을 소개하자 은평은 한별을 슬쩍 보고 나서 다시 얼굴을 테이블에 밀착시켰다. 한별은 상담실 의자에 앉아 가만히 있었다. 은평도 가만히 있었다.

효묵은 한숨을 지었다. 혹시나 불상사가 생길지 몰라 세미나실에 쳐진 블라인드를 올리고 효묵은 상담실 밖으로 나와 테이블에 앉았다. 괜히 일하는 척 노트북을 켜 놨지만 시선은 상담실을 떠나지 않았다.

은평은 한참 후 얼굴을 받친 오른팔이 저린지 고개를 들어 왼팔로 턱을 괴며 거의 옆으로 쓰러지다시피 앉았다. 그래도 한별은 눈을 감고 의자에 가만히 앉아 있었다. 은평은 눈치를 보다가 말없이 상담실 문을 열고 나갔다.

세미나실 밖에서 노트북으로 작업하는 척하던 효묵이 벌떡 일어나 앞을 막아섰다.

"어딜 가?"

"이렇게 시간만 보내게 할 거면 그냥 버스 타고 가게 해 달라니까요?"

"어머님이……."

효묵이 말을 다 마치기 전에 뒤따라 나온 한별이 끼어들었다.

"버스 타고 가고 싶은 이유를 내가 이해할 수 있게 말하면 보내 줄게."

은평은 한별을 째려보며 말했다.

"아니 딱 보면 몰라요?"

은평의 말에 한별은 미소를 지었다. 목소리도 평소처럼 부드러웠다.

"난 잘 모르겠으니 이리 와서 설명해 줘 봐."

은평은 쿵쿵쿵 걸음을 옮겼다.

"이 상담은 제가 원해서 하는 게 아니에요. 엄마가 억지로 하라고 한 거예요. 그러니 제가 원하는 대로 집에 가려고요."

"그렇구나, 다행이네."

"뭐가요?"

"너 엄마가 정해 놓은 것에 도전하는 거지? 결과를 바꾸려고 도전하려고 하니 상담이 필요 없겠어. 난 또 남이 시키는 대로 무기력하게 사는 게 문제여서 상담하는 줄 알았네."

잠시 정적이 흘렀다. 은평이 차갑게 말했다.

"그러면 가도 되죠?"

"아직 이해가 안 되는 게 남았어. 넌 여기가 싫어서 집에 가는 거지?"

은평은 고개를 끄덕였다. 효묵이 옆에서 말했다.

"선생님은 눈이 안 보이시는 분이야. 꼭 말로 표현해야 해."

은평은 놀랐다. 하지만 짐짓 아무렇지 않은 척했다. 그래도 싫다는 말을 큰 소리로 못 하고, 작게 말했다. 한별이 오히려 크게 말했다.

"아하, 여기가 싫구나? 그런데 지금 집에 가면 어떤 일이 벌어질까? 엄마와 갈등이 더 심해지는 거 아니야? 그게 더 싫지 않니? 나중에는 여기는 안 오더라도 다른 곳에 또 가게 되겠지. 더 가기 싫어하는 곳이 될 수도 있는데? 지금 좀 싫지만 버티고 나중에 더 좋은 결과를 얻지 않을래?"

"됐고, 나중에 어떻게 되든 지금 그냥 갈래요."

"그렇구나. 여기서 한 시간 버티면 우리가 엄마에게 잘 말씀드려서 더 편해질 텐데 안타깝네."

"싫다니까요."

부드럽던 한별의 목소리가 차갑게 변했다.

"그래? 그렇다면 나도 상담할 생각 없어. 지난번에 너랑 비슷한 애가 상담하고 완전히 변해서 우리랑 친구로 잘 지내고 있거든. 그래서 이번에 너하고도 그런 친구가 될 수 있을까 싶어 내려왔는데 어쩔 수 없지."

은평은 멈칫했다. 끝까지 잡을 줄 알았는데 갑자기 한별이 무표정하게 말하자 놀랐다.

"네가 선택한 것이니 네가 우리 앞에서 어머니에게 집에 가겠다고 전화해 줘. 어머니가 와서 사정을 모르고 우리 탓만 하다 가시거나, 네가 집이 아니라 다른 곳으로 가면 안 되니까."

한별은 자리에서 일어났다. 효묵이 있는 쪽을 향해 말했다.

"우리 기분도 그런데 아까 점심에 하다 만 레이싱 게임할래?"

"오케이!"

효묵은 손가락을 큰 소리 나게 튕겼다. 그러고 나서 구석의 큰 세미나실로 들어가 빔프로젝터와 3D 스피커를 켰다. 로그인해 놨던 게임에서 입체적인 자동차의 굉음이 흘러나와 은평의 주의를 사로잡았다. 슬쩍 들여다보니 효묵이 대형 화면을 켠 게 보였다. 은평은 엄마 전화번호를 찾아 연결 버튼을 누르려다 말고 효묵과 한별을 쳐다봤다.

한별은 컨트롤러 진동으로 장애물과 도로 바닥 사정을 추리하고, 게임 속 코멘터리를 들으며 다른 차들과의 추돌 가능성을 계산했다. 아주 잘하는 건 아니지만, 은평이 보기에는 평균 이상의 실력이었다.

다음은 효묵의 차례였다. 효묵은 한별보다 잘했다. 하지만 여전히 최고 실력자라고 할 수는 없었다. 저렇게 하면 안 되는데…….

은평은 손이 근질거렸다.

"너도 해 볼래?"

효묵의 말에 은평은 뻘쭘했다. 한별이 거들었다.

"은평아, 상담 안 하고 누나처럼 놀아도 된다니까? 레이싱 싫으면 다른 게임을 해도 돼."

"아니에요."

"어, 너 게임 안 해?"

"하는데, 오늘은 하기 싫어요."

"그래? 그럼 누나 하는 거 구경해 봐."

은평은 한별이 코멘터리와 진동을 통해 게임을 다양하게 한다는 것 자체에 큰 충격을 받았다.

"은평아, 나 좀 도와줘."

"네?"

"코멘터리가 영어라서 이해가 잘 안 돼. 화면 왼쪽에서 벌어지는 상황은 네가 말해 줘. 여기 아저씨는 오른쪽에서 벌어지는 일을 말해 줄 테니."

"어허, 또! 자기가 아저씨라고 하니까, 다들 아저씨라고 하잖아."

효묵이 퉁명스럽게 말했다.

은평은 뿔나 있는 척했다. 하지만, 잠시 후 게임 상황을 보니 가만히 있을 수 없었다. 조그만 소리로 말했다.

"저기 저기."

"뭐? 왜 그래?"

"아, 아니에요."

한별이 주의를 돌린 사이에 화면에서는 큰 충돌 소리가 났다.

"뭐야, 너 때문에 죽었잖아. 왜 그런 거야?"

"왼쪽에 꿀템 있었는데 그냥 지나갔어요."

"으이그, 다음에는 그냥 뭔지 바로 바로 크게 말해 줘. 급하면 반말해도 돼."

잠시 후 한별은 축구 게임으로 바꿨다. 은평은 어느새 한별과 한 팀이 되어 공격하고 수비했다. 하지만 결과는 패배였다. 게임 화면과 소리를 다 끄고 나서 한별이 한숨을 쉬며 말했다.

"아이, 아쉽네. 이번에는 새로운 친구가 도와줬는데도 말이야."

은평은 친구라는 말이 어색했지만 싫지는 않았다.

"그래도 잘하셨어요."

은평은 조그만 소리로 말했다. 한별은 일부러 뚱하게 말했다.

"하지만 결과가 실패였잖아."

"그래도 재미있었잖아요."

"그렇구나. 결과보다는 과정이구나. 하긴 나도 재미있었어."

세 명은 세미나실 밖으로 나왔다. 효묵이 은평을 보며 말했다.

"오늘 결과적으로 너와 상담하는 것에는 실패했지만, 게임으로라도 재미있었으니 다행이야. 어머님에게는 비밀이다. 알았지?"

은평은 멋쩍게 웃었다. 마침 은평 엄마가 카페 문을 열고 들어오며 그 모습을 봤다. 은평은 엄마를 보자마자 다시 처음 상담실로 들어왔을 때와 같은 표정이 되었다. 은평의 어머니를 보지 못하는 한별은 오직 은평에게 집중하며 밝게 말했다.

"우리가 상담 하루 치 빚진 거니까, 언제든 이야기하고 싶을 때 하루 날 잡아서 와도 돼. 게임하러 와도 돼."

게임이라는 말에 은평은 가까이 걸어오는 어머니와 한별을 번갈아 쳐다보았다. 효묵은 괜히 헛기침을 크게 하며 어머니를 맞이했다. 은평이 쓱 쳐다보니 어머니는 한별의 말을 못 들은 듯했다. 은평은 한별에게 어머니가 모르는 비밀을 공유한 동지의식을 느꼈다.

은평은 집에 와서도 뭐에 홀린 기분이었다. 분명 상담은 싫은데, 앤의 오두막에 있는 사람들은 궁금했다. 궁금은 한데 또 가라고 하면 귀찮았다. 귀찮기는 한데 궁금해서 더 보고 싶기는 했다. 더 알아보고 싶지만 앤의 오두막에 계속 가는 것은 귀찮았다. 그러던 중 엄마가 다음 주에도 갈 거냐고 물으니까 버럭 화가 났다.

"안 가!"

은평은 급식을 끝내고 다른 애들처럼 놀거나 수다를 떨며 걷지 않고 교실로 와서 여느 때와 똑같이 엎드려 있었다. 점심시간이 끝날 무렵 애들이 우르르 들어왔다. 애들은 은평을 투명 인간처럼 대했다. 투명 인간은 보이지 않지만, 귀로 들을 수 있다는 사실을 모르는지 갖가지 비밀스러운 이야기를 나누었다. 뭐가 좋은지 반 아이들이 웃고 떠들수록 은평의 마음의 벽은 두꺼워졌다. 그 벽을 뚫고 들어오는 단어가 있었다.

"그것 말고 앤의 오두막에서 하는 디제잉 파티가 더 재미있을 것 같아."

디제잉 파티라는 말에 은평의 눈이 번쩍 뜨였다. 하지만 일어나지는 않았다. 대신 눈을 살포시 뜨고 봤더니 영승이 등을 돌리고 앉은 다른 두 명과 이야기를 나누고 있었다. 등을 돌리고 있는 한 애가 말했다.

"어, 나도 그 카페 가 봤는데 넓지 않던데? 위층은 아예 세미나실이라서 다 칸막이로 되어 있고."

"거기 말고 지난번 내가 청소한 공장에서 한대."

"공장? 네가 왜 청소해?"

"으음…… 거기는 상담비 대신 봉사해도 돼."

"상담? 네가 왜?"

상담이라는 말에 은평은 부스스 고개를 들었다. 등을 돌리고 있던 한 명이 고개를 돌렸다. 늘 밝아 보이던 같은 반 윤수가 눈에 들어왔다. 그런 친구가 상담받았다니 놀라웠다. 윤수가 장난스럽게 다른 친구의 질문을 받아넘겼다.

"닥쳐! 너무 알려고 하지 마. 다쳐."

윤수와 은평은 눈이 마주쳤다. 은평은 다시 고개를 파묻었다. 하지만 계속 눈을 굴리며 생각했다.

'다른 애들도 드나들 정도면 생각보다 괜찮은 데일지도 몰라. 디제잉 파티는 또 뭐지? 게임하는 누나도 그렇고 다른 곳과는 달라.'

그날 저녁 은평은 엄마에게 앤의 오두막에 한 번 더 가 보겠다고 말했다. 엄마가 급하게 전화를 걸어 바로 다음 날로 예약했다. 은평은 바로 갈 수 있어 좋았다. 그러고는 바로 그런 마음이 드는 자신에게 놀랐다.

다음 날 오후 은평은 상담실에서 한별과 마주했다. 한별은 미소를 지으며 은평에게 게임하러 왔는지 물었다. 은평은 한별이 가진 여러 가지 게임을 평가하면서 자기 수준에 안 맞는다고 대답했다. 자기는 훨씬 고난도의 게임이 좋다면서 어깨를 으쓱거렸다.

"그럼, 오늘은 게임이 아니라 다른 것을 하고 싶어서 왔구나?"

한별의 말에 은평은 여태까지와는 달리 쉽게 입을 떼지 못했다. 멋쩍은 표정으로 고개를 끄덕이다가 아차 싶어 서둘러 입을 열었다.

"혹시 윤수도 선생님이 상담하셨어요?"

"윤수? 음…… 그건 비밀이야. 네가 하는 이야기가 비밀인 것처럼."

은평은 답답함을 좀 느꼈다. 하지만 비밀 보장이 된다는 소리에 안도감을 더 느꼈다.

"선생님은 어떻게 그렇게 활력이 넘쳐요?"

"나? 뭐가?"

"상담도 하시고, 카페도 운영하시고, 게임도 하시고. 저는 다 재미없고 다 자신 없고, 다 못하는데."

한별은 손사래 쳤다.

"너도 봤잖아? 나 게임 엄청나게 잘하지 않았잖아. 상담도 그다지 실력이 없어서 네가 지난번에 상담 없이 게임만 하고 갔을 정도고. 카페도 장사가 잘돼서 돈을 잘 버는 것도 아니고. 유료 상담도 자주 있지는 않아. 내 남자 친구와 도시재생 청년조합 사람들, 상담받은 학생들이 자원봉사를 해 줘서 유지되고 있지. 자신 있었으면 혼자 했겠지."

은평은 좌우로 눈을 굴리고 나서 말했다.

"그래도 재미는 있잖아요. 저는 뭐든지 하나도 재미가 없어요."

"정말? 지난번 우리 함께 게임한 거 재미없었어?"

"아니. 그건…… 예외고요."

한별은 고개를 천천히 끄덕이다가 물었다.

"너는 무기력이 뭐라고 생각하니?"

"으음…… 힘이 없는 거죠."

"힘이 없다? 그런 무기력도 있지만 다른 형태의 무기력도 있어."

"네?"

"너 학교나 학원에서 열심히 공부하는 애들 본 적 있지?"

"네."

"그런데 그 애들 중에 꿈에 관해서 이야기할 때에는 힘없이 대답하는 애들 볼 수 있지?"

"네."

"그 애들은 열심히 손과 뇌를 움직이며 공부해. 겉으로 보면 활력 있어 보여. 그런데 왜 힘이 없을까?"

은평은 머리를 짜냈지만 답이 떠오르지 않았다. 한별이 말했다.

"이렇게 공부한다고 정말 결과가 바뀔까 하고 의심하거나 두려워서 지레 포기하니 무기력해지는 거야. 만약 자신이 하는 행동이 정말 가슴 뛰는 성과와 연결되어 있다고 생각하면 그렇게 무기력하게 말하지는 않겠지. 발버둥 쳐도 결국 결과를 바꿀 수 없고 이대로 살 수밖에 없다는 생각을 학습한 사람은 대안을 상상하지 못해."

"그런 건가요?"

"좋은 것이라고 해도 상상하기 힘들고 완전히 낯설면 부담이 되지. 그래서 나쁘지만 상상할 수 있는, 심지어 현실에서 확인할 수 있어 익숙한 것에 마음을 더 빼앗겨. 대안을 생각하지 못하는 자신을 생각하면 자신의 처지가 더 한심하게 느껴지고 답답해지지. 그래서 대안이 없는 게 아니라, 대안은 무의미하다고 왜곡해서 자존감을 지키려 해. 예전의 나처럼."

은평은 귀를 의심했다. '너처럼'이 아니라, '나처럼'이라니. 한별은 예전에 예나에게 했던 이야기를 하며 깊은 속내를 드러냈다.

"시각 장애인이라면 택할 수 있는 직업이 정해져 있다고 생각하니 무기력했어. 정해진 결과를 피할 수 없다고, 노력해도 바꿀 수 없다고 생각할 때 무기력에 빠진다는 것을 나는 심리학책이 아니라 직접 체험으로 알게 되었지."

"저도…… 그런 상태인 거 같아요."

"그렇구나. 왜 우리가 첫날 상담하지 않아도 된다고 한지 아니?"

“화나서요.”

“아저씨는 그랬었지. 하지만 나는 달랐어. 나는 네가 조금이라도 결과를 바꿀 수 있음을 생각해 보기를 바랐어.”

“네?”

“네가 버스를 타고 갔어도 바뀌는 건 없다는 것도 생각하기를 바랐지. 이미 그런 선택을 많이 했어도 행복하지 않다면 다른 대안을 더 생각해 봐야 해.”

“대안이요?”

“대단한 것부터 생각할 필요는 없어. 간단하지만 네 마음을 움직이는 것부터 시작하면 돼. 나는 게임을 하고 싶었어. 프로 게이머가 되기 위해서가 아니라, 다른 애들처럼 스트레스를 받으면 게임으로 풀고 싶었어.”

“하지만.”

“하지만 뭐?”

은평은 이야기를 할까 말까 망설였다. 그 사이 한별이 입을 열었다.

“다른 애들처럼 게임하기 힘들다고? 나는 시각 장애인은 게임을 할 수 없다는 세상의 편견과 내 마음속 벽부터 도전했어. 그래서 알아봤더니 코멘터리가 들어가는 외국 게임에는 시각 장애인을 위한 옵션이 있더라고. 격투기 게임의 미션을 모두 클리어한 시각 장애인이 있다는 말을 듣고 더 용기를 냈지.”

"대단하세요."

"그렇지? 나는 게임을 잘하는 게 목적이 아니었어. 일단 게임하는 것 자체가 목적이었지. 그런 식으로 일단 실행하는 것에 무게를 두다 보니까 이것저것 열정적으로 하게 되더라고."

은평은 고개를 끄덕였다. 그러다가 아차 싶어 소리를 내서 대답했다.

"알겠어요."

"그래? 그러면 이제 어떻게 해야 할까?"

"제가 좋아하는 것을 찾아야지요."

"어떻게?"

"인터넷에서요."

"어떻게?"

"유튜브와 SNS 등을 보고 좋다 싶은 것을 찾으면 되지요."

"그것은 네가 아니라 인터넷에 다른 사람이 좋다고 소개한 것을 찾는 쪽에 더 가깝지 않을까?"

은평은 뒤통수를 얻어맞은 기분이었다. 부드럽지만 핵심을 찌르는 강력한 힘. 한별의 힘을 제대로 느꼈다.

'아, 진짜로 내가 좋아하는 것은 뭐지? 남들이 하니까 좋아 보여서 따라 한 거 말고.'

은평의 표정을 눈으로 보고 있는 것처럼 한별이 말했다.

"그렇다고 너무 힘들게 생각하지는 마. 네가 여태까지 살아오면서 좋았다 싶은 것부터 시작해. 그게 가장 확실해."

"저는 고작 게임이나 좋아하는데요? 그것도 남들이 좋다니까 발을 담근 건데요?"

"어, 나도 그 고작 남들이 좋아하는 게임부터 시작했는데?"

한별의 말에 은평은 고개를 갸웃거렸다.

"눈앞에 있는 게 싫으니까 일단 피하고 보자는 것은 무기력을 키울 뿐이야. 정말 싫다면 결과를 바꾸기 위해 너 자신이 인정할 만한 것을 찾아 그냥 도전해야 하지 않을까?"

한별은 상대에게 의견을 물어볼 때는 목소리가 더 부드럽게 변했다. 하지만 질문을 받은 은평은 마음이 다시 무거워졌다. 자기에게는 너무 힘든 과제인 것 같았다. 한별이 말했다.

"나는 무언가에 도전할 때마다 처음에 눈이 안 보여 점자를 익히던 때를 떠올려. 힘들지만 이겨내기 위해 노력했던 나. 결국 해낸 나. 너도 구구단이 힘들지만 결국 외웠던 경험, 남들에게 당당하게 발표했던 경험 등이 있을 거야."

은평은 기억을 떠올렸다. 살짝 미소가 지어졌지만 결국 한숨이 나왔다. 모두 과거의 기억이었으니.

"네, 있기는 해요."

"지금 무기력한 자신이 전부라고 생각하지 마. 그때의 활기찼던 너도 너야. 그리고 그런 과거의 네가 미래의 모습을 그리면서 막연하게나마 잘되기를 응원했던 그 마음을 잊지 마."

은평은 눈을 꼭 감았다. 가슴속에서 눈까지 뜨거운 기운이 올라왔다.

"게임을 스트레스를 피하기 위한 수단이 아니라, 더 나은 내가 되기 위한 도전으로 생각했어. 네게 게임이 그렇다면 게임부터 도전해야 해. 아니라면 예전에 네가 좋아했던 다른 것 중에서 지금도 좋아할 만한 것을 찾아야지."

은평은 한별을 신경 쓸 틈도 없이 자기 생각에 빠져 고개만 끄덕였다.

"다음 주까지 그게 숙제야. 그걸 찾으면 너 혼자 도전할 방법을 알려 줄게. 우리는 친구로 더 만나고 싶을 때 만나는 거지, 더 상담할 필요는 없어."

일주일 후 상담실을 찾은 은평의 발걸음이 무거웠다.

"숙제해 왔니?"

한별이 처음에 부드럽게 여러 번 질문해도 은평은 대답하지 않았다. 한별이 엄한 목소리로 한 단어씩 끊어 다시 물어보자 그제야 은평이 말했다.

"지난주 상담한 날은 분명 찾고 싶었어요. 그런데 다음 날 자고 나니까 일주일이 남았으니 좀 신중하게 천천히 찾는 게 더 낫지 않을까 싶어 미루다 보니 오늘이 되었어요."

한별은 길게 한숨을 내뱉었다.

"훗, 이번이 마지막 상담 맞는구나. 원래는 이런 식의 마지막이 아니라, 더 좋은 의미로 마무리하려고 했지만 어쩔 수 없지."

한별은 강조하려는 단어에 특히 힘을 주며 말했다.

"사람들은 어떤 일을 꼭 해야겠다고 '생각'해. 그런데 어때? 막상 생활하다 보면 귀찮거나, 힘들거나, 재미없다는 '느낌'을 받아 할 일을 미루지. 즉 미루기는 어떤 일에 대한 감정적 반응이야."

"감정적 반응이요?"

"이성적으로 판단해서 나중에 후회할 것이 예견되더라도 일단 감정적으로 반응해서 미루고 보는 거지. 미루는 습관이 있는 사람들은 불편한 감정을 불러오는 일은 피하고, 기분 좋은 활동을 하려고 해. 당장은 이것이 자신의 감정에 더 좋은 선택이니까."

은평은 자신의 마음을 훤히 들여다보는 듯한 한별을 감히 쳐다보지 못하고 고개를 숙였다.

"사람은 자신이 어떤 일을 해서 얻을 수 있는 미래의 가치는 아직 정보가 부족해 쉽게 계산할 수 없으니까 일단 얕잡아 봐. 하지만 현재 경험할 수 있는 가치는 일단 계산할 수는 있으니까 더 높게 평가하지. 이해되니?"

"아뇨."

"더 느낌 있게 예를 들어 주지. 지금 한 시간 더 공부한다고 해서 내 인생에 뭐가 달라질까 계산하기 힘들어. 뭐가 좋을지 실감이 나지 않아. 하지만 그냥 침대에서 뒹굴뒹굴하는 즐거움은 확실히 계산할 수 있어. 확 느껴지지. 그렇게 즐거움을 찾아 할 일을 미룬 지금 네 기분은 어떠니?"

"기분이 좋지 않아요."

"맞아, 그렇겠지. 그래서 그 기분에서 빨리 벗어나려 더 큰 결심을 하게 되지. 바로 그게 문제야. 여기 상담실에서 나가면 감정적으로는 아직 준비되지 않았으니 더욱 무리한 일처럼 느껴져. 그러면 어떻게 하면 될까?"

한별이 부드럽게 물었다. 아까보다 은평은 덜 부담스럽게 대답했다.

"그만큼…… 실행할 가능성이 줄어들죠."

"그러니 이성적으로 판단하려 하지 말고 감성적으로 처리하려고 노력해 봐. 예를 들어 상담하면 무엇이 좋은지 따지지 말고, 상담하지 않으면 어떤 싫은 일이 벌어질지 따져 봐. 미뤘을 때 느낄 불쾌한 기분을 더 떠올리는 식으로 도전해 봐."

상담할 때 좋아지는 게 아니라, 상담하지 않으면 나빠질 것을 떠올리라는 말은 은평이 전혀 예상하지 못했다.

"결심을 너무 크게 하면 작심삼일로 끝나는 경우가 많아. 감성이 아닌 이성의 단계에 멈춰 있을 때 계획했기 때문이지."

은평은 자기도 모르게 한숨을 쉬었다. 그 소리에 한별이 더 힘을 줘서 말했다.

"이성적으로 좋다고 생각한 일들로 계획을 세우면 미룰 확률이 더 높아져. 그러니 감성적으로 진지하게 왜 이 일을 해야 하는지 느낄 수 있게…… 서둘러 계획을 세우지 말고 자기 자신에게 더 집중하는 시간부터 가져 봐."

"저도 신중하게 하려고 시간을 가졌어요."

한별은 심호흡하고 나서 차분하게 물었다.

"정말 신중하게 한 것 맞니? 신중하게 한다는 핑계로 미룬 건 아니고? 너 자신에게 집중했다면 예전에 좋아했던 것을 떠올려서 그것과 비슷한 현재의 도전 과제를 찾아왔겠지."

"모르겠어요. 그냥 아무것도 하지 않아도 모든 게 저절로 다 잘 되었으면 하는 마음뿐이에요."

은평의 말이 떨어지자, 한별은 입을 닫았다. 잠시 후 알람 소리가 났다. 한별은 여태까지 부드럽던 태도와 다르게 차갑게 말했다.

"시간 다 됐다. 오늘로 약속한 상담은 끝이야."

집에 온 은평은 매우 슬펐다. 화도 났다. 밤새 감정적으로 흔들렸다. 잠을 자지 못해 녹초가 되었다. 다음 날 학교에 가서 예전처럼 책상에 얼굴을 파묻고 엎드렸다. 점심시간이 되어 급식실로 가는데 윤수가 은평에게 다가왔다.

"같이 먹을래?"

은평은 윤수의 주변을 살폈다. 늘 함께 다니던 다른 애들은 없었다. 급식실을 보니 이미 따로 앉아 있었다. 식판을 들고 자리에 앉자 윤수가 말했다.

"너 혹시 한별 선생님에게 상담받았니?"

은평이 고개를 끄덕였다.

"역시 그래서 지난주에 네가 좀 달라 보인 거구나."

윤수의 말에 은평은 긴 한숨을 뱉았다.

"그런데 오늘 너 왜 그래? 나도 선생님에게 상담받았는데 경험자로서 뭐 도와줄까?"

"필요 없어."

"정말 필요 없어? 사실 난 안 그랬거든. 상담하다가 중간에 내가 과제를 계속 안 해서 삼진 아웃 규칙으로 상담을 못 한 적이 있었는데, 다른 애가 도와줘서 겨우 위기를 모면했거든."

"삼진 아웃?"

"응."

"뭐야. 난 한 번 과제를 안 해 갔다고 바로 아웃됐는데?"

"그래? 이상한데? 너 상담할 때 계약서 잘 살펴봤어?"

"무슨 계약서?"

은평은 윤수와 이야기를 주고받으며 자원봉사 조건일 때와 비용을 낼 때는 규칙이 완전 다름을 알게 되었다. 윤수가 말했다.

"돈을 내는 상담으로는 끝일 수 있지만, 자원봉사 조건은 열려 있을 테니 다시 도전해 봐. 나도 삼진 아웃 후에 선불, 아니 선 봉사 후 상담 조건으로 다시 만났으니까."

"그, 그렇게까지 할 필요가 있을까?"

은평의 말에 윤수는 웃으며 말했다.

"말은 그렇게 해도 너도 하고 싶은 거 아니야? 적어도 나는 그랬어."

은평과 윤수는 더 많은 이야기를 주고받았다. 그러는 사이에 영승도 끼었다. 다른 반 친구들도 모였다. 은평은 더 이상 혼자가 아니었다. 앤의 오두막을 찾은 학생 중 하나로 이야기를 나눴다.

사흘 후, 은평은 여러 학생과 함께 기계를 공장 밖으로 가지고 나와 해체하는 일을 했다. 처음에는 떨떠름했지만, 계속하다 보니 어릴 때 모형 드라이버로 조립장난감을 분해하고 놀던 때가 생각났다. 한 학년 전체가 빵 공장에 가서 직업 체험할 때는 느껴 보지 못했던 즐거움이었다. 시간을 때우려고 게임할 때도 느끼지 못했던 감정이었다.

'맞아, 나는 이런 것을 좋아했어.'

그날 이후 은평은 분해한 것들을 재조립해서 인테리어 제품을 만드는 업사이클링 팀에서 계속 일했다. 윤수도 같은 팀에서 일했다. 은평은 윤수와 제품 기획에 참여하면서 더 신났다. 대학생 자원봉사자에게 공대와 미대, 디자인 대학에서 공부하는 것에 대한 이야기도 들었다.

계약 조건으로 있던 두 배의 자원봉사를 채우고서도 은평은 봉사를 멈추지 않았다. 상담 대신 한별과 게임을 하러 자주 갔다. 게임하고 나서 자신이 얼마나 즐겁게 지내고 있는지를 말하는 게 진지한 상담보다 더 좋았다.

생각의 징검다리

무기력 탈출의 스위치 ?!!

무기력하면 적극적으로 도전하지 않습니다. 심리학자가 아니어도 누구나 아는 사실입니다. 하지만 일단 적극적으로 도전하다 보면 무기력하지 않게 된다는 사실은 잘 알지 못합니다. 일단 무기력한데 어떻게 적극적으로 도전할 것인가만 이야기합니다.

흔히 이성적으로 문제점을 이해하도록 설득하면 사람이 변하리라 생각합니다. 그럴 수도 있습니다. 하지만 실행하는 과정에서 감정적으로 많은 것을 느껴서 변하는 것만큼 효율적이지는 않습니다. 어떤 일을 하기 싫어하는 사람에게 억지로 그 일을 하게 하면 불만을 품습니다. 그런데 대부분 그 일을 하기 전에 몸서리쳤던 것만큼은 아닙니다.

억지로 하기 싫은 일만 골라서 할 필요는 없습니다. 그냥 평범하거나 자신이 예전에 할 수 있었던 수준에서 조금 더 나간 일을 찾으면 됩니다. 바닥을 기던 아기는 자기 마음처럼 걷지 못해 짜증이 납니다. 하지만 한 발 디뎠다가 쓰러지고, 두 발 디뎠다가 쓰러지고 계속 같은 일을 조금씩 더 나은 수준으로 하려고 하면서 기쁨을 느낍니다. 양치하기 싫어했던 사람도 일단 양치를 하면 개운한 느낌에 좋아합니다. 은평의 업사이클링 팀 활동처럼 실행했을 때의 긍정적 기분에 더 집중하면 행동 변화가 일어납니다.

무기력에 걸리는 이유는 제각각입니다. 엄한 부모님 때문에 스트레스를 받거나, 친구 관계에 문제가 있거나, 공부에 흥미가 없어서 등 다양하지요.

하지만 해결 방법은 비슷합니다. 과거의 실패 경험이 아니라, 성공 경험 찾기. 만약에 성공 경험이 없다면 일단 성공한 기분을 먼저 느끼게 해서 계속 그 기분을 유지하기 위해 노력하기. 성공을 생각하면서 과도한 목표를 세우지 않고 지금 당장 실행할 수 있는 구체적인 목표에 집중하기. 이것이 무기력에서 탈출할 수 있는 기본 방법입니다.

심리학자는 무기력에 빠진 사람을 위해 특별한 방법을 쓰기도 합니다. 그것은 바로 고양(elevation)입니다. 칩 히스(Chip Heath)와 댄 히스(Dan Heath) 형제가 쓴 책《순간의 힘》의 부제목은 '평범한 순간을 결정적 기회로 바꾸는 경험 설계의 기술'입니다. 제목부터 느낌이 오시나요? 평범한 순간을 결정적 기회로 바꾸려면 나름의 노하우가 필요합니다.

이야기 속에서 시각 장애인인 한별은 게임을 통해서 '고양'을 만들어 냈습니다. 실제 현실에서 저는 상담자와 게임도 하고, 산책도 하고, 함께 영화를 보러 나가기도 합니다. 다양한 방법을 쓰는 것 같지만 고양을 만들어 내는 노하우는 단순합니다.

첫째, 감각적으로 매력적인 상황에 빠지게 합니다. 추상적으로 '아, 이게 좋겠어'라는 생각이 아니라, 생생하게 구체적으로 지금 조금이라도 좋은 것을 느껴 간단한 감탄사가 나올 기회를 만듭니다. 사람을 결정적으로 움직이는 것은 감정이고, 그 감정은 감각에 많이 좌우되니까요.

둘째, 보상이 있어야 합니다. 단, 그 보상이 단지 참여만으로 100% 주어지면 매력이 없습니다. 성공에 대한 난도가 있고 실패했을 때 위험도 있어야 합니다. 눈치채셨나요? 온라인 게임은 이 원칙을 잘 활용합니다. 성공했을 때 아이템이 주어지지만 그것을 쉽지 않게 하고, 실패했을 때는 그 판에서 획득했던 아이템을 다 내놓게 하는 식으로 처벌도 화끈합니다. 상담은 자신이 원할 때 늘 할 수 있는 것이라고 생각하는 은평에게 과제를 수행하면 '친구', 수행하지 않으면 '영원히 남'인 상황을 만들어 결국 효과가 있었던 것도 이 때문입니다.

셋째, "각본 깨뜨리기"가 필요합니다. '상담은 심리센터에서 하는 것'이라는 각본은 상담을 카페에서 할 때 깨집니다. '상담 선생님은 내가 막 나가도 포용력을 발휘해서 부드럽게 이야기할 거야'라는 각본은 상담 선생님도 단호하게 나왔을 때 깨집니다. '상담은 내 문제를 말하고 상담 선생님은 들어주는 것'이라는 각본은 상담 선생님이 자기 문제를 진솔하게 말할 때나 아예 상담하지 않고 게임을 하거나 다른 활동을 할 때 깨집니다. 각본이 깨질 때 감정은 요동칩니다. 이성적으로 말이 안 될수록 더더욱 이성은 포기하고 감정으로 파악하려 합니다.

'고양'은 상담만이 아니라 테마파크에서도 잘 활용합니다. 테마파크에 간 방문객은 인기 있는 기구나 체험 공간 창구에 긴 줄을 서는 것을 당연하다고 생각합니다. 결과를 바꿀 수 없으니 받아들여야 한다는 각본을 갖고 있지요. 그런데 외국의 테마파크는 고용된 배우에게 상황 연기를 하게 하거나 해당 창구 관련 캐릭터와 사진 찍게 해서 그 지루할 수밖에 없는 대기 시간을 흥겨움을 느끼는 기회로 바꿉니다. 사진 찍고 배우를 봐도 줄이 더 빨리 줄어드는 것은 아닙니다. 하지만 '결국 조용히 기다리다 보면 언젠가 네 차례가 될지어다'라는 이성에 마음을 맡겼을 때와는 다른 심리 효과가 생깁니다.

유튜브에서 "Jurassic Park attraction"을 검색해 보세요. 대기 줄 옆에서 랩터를 길들이는 사육사를 연기하는 배우를 통해 고양의 힘을 확인할 수 있습니다. 지쳐서 무표정하게 있던 사람들이 얼마나 활기차게 변하는지 꼭 보세요.

이 세 가지 고양 방법 중 최소 두 가지를 결합해야 무기력에서 탈출할 수 있습니다. 그냥 보아 넘겼던 것들이 가진 저마다의 가치와 의미가 감각적으로 생생하게 다가오는데, 무기력할까요? 내가 도전해서 단기간에 얻을 보상이 확실한데 무기력할까요? 결과가 뻔하다는 각본이 깨지는데 무기력할까요?

이 세 가지 방법은 무기력에 빠진 자기 자신에게도 쓸 수 있습니다. 그렇게 만들 수 있으면 이미 무기력한 게 아니라고요? 맞습니다. "적당히" 무기력하거나 아예 무기력하지 않은 분은 무기력에 빠지지 않도록 이 방법을 평소에 쓰는 것이 좋습니다. 직접 하기 어려우면 다양한 경험을 하려고 노력하세요. 그러면 세 가지 요소가 들어간 상황에 노출될 가능성이 큽니다. 세상에는 다른 사람을 고양해 돈을 벌거나 인정을 받으려는 사람이 많으니까요.

그러면 정작 무기력이 심각한 사람은 어떻게 하냐고요? 극과 극은 통한다는 말 아시죠? 너무 무기력해서 더 이상 이런 지긋지긋한 감정을 느끼고 싶지 않다고 할 때도 사람은 변합니다. 그래서 멋진 반전을 이루는 사람들의 성공담이 있습니다. 그들은 지긋지긋한 감정에서 벗어나고 싶을 때 '적당히' 하지 않았습니다. 무기력이 얼마나 나쁜지 온몸, 온 마음으로 체험했기에 '끝까지' 도전했습니다. 물론 모두 다 그런 것이 아니라 변화의 스위치인 고양을 경험한 사람이지요.

추천 도서

《순간의 힘: 평범한 순간을 결정적 기회로 바꾸는 경험 설계의 기술》, 칩 히스·댄 히스 지음, 박슬라 옮김, 웅진지식하우스, 2018.

마음이
힘들 때마다
자해하게 돼요

5.

상담받은 지 한 달. 그동안 예나는 자원봉사로 한별을 도왔다. 상담 이외의 시간에 한별이 여러 사람을 대하는 모습을 보면서 남다른 배려심을 가진 한별을 더 좋아하게 되었다. 7월 초순이라 더위는 심해졌지만 한별을 만날 때면 예나의 마음은 늘 시원한 바람을 맞는 기분이었다.

예나는 한별이 혹시라도 자신을 걱정할까 봐 더 밝게 행동했다. 학교에서도 마찬가지였다. 유진은 그런 예나의 모습을 보고 자신이 앤의 오두막을 소개한 보람을 더 느꼈다.

한별과 보내는 시간이 많아지자 자연스럽게 예나에게 꿈이 생겼다. 한별은 아이엔가 박사에게 영감을 받아 심리 상담가가 되었다지만, 예나는 한별에게 영감을 받아 다른 사람에게 도움이 되는 심리 상담가가 되고 싶었다. 그래서 자신의 상처를 피하지 않고 더 당당하게 맞서려 노력했다. 하지만 머리로는 열심히 하고 싶은

데 심리 문제를 파고들수록 우울해졌다. 심리학책에 있는 사례를 읽다 보면 과거의 안 좋았던 일이 떠올랐고, 남자 친구에게서 받은 충격적 사건을 악몽으로 꾸기도 했다. 그럴수록 예나는 이를 악물었다.

'이대로 무너지면 상담사의 꿈도, 내 행복도 끝이야.'

학교나 앤의 오두막에서 겉으로 더 밝은 모습을 보이려 노력했다. 기말고사 준비도 열심히 하려 했다. 하지만 밤에 혼자 있을 때는 기운이 쭉 빠지고 숨이 막혔다. 예나는 계속 혼자 끙끙 앓다가 더 이상 참을 수 없어 한별을 찾았다. 한별을 실망시키기 싫어 반 친구인 김민주의 이야기인 것처럼 말했다.

"티를 내지 않아서 저도 몰랐어요. 그런데 공책 끝에 슬쩍 메모한 것을 봤더니 밝은 척, 문제가 없는 척하느라 너무 힘들다는 거예요. 가슴도 답답하고 악몽도 꾸고 몸에 힘도 없고 다른 사람이 없을 때는 한없이 우울해지고 그런대요. 이런 친구는 어떻게 도와줘야 할까요?"

한별은 예나에게 증상을 물었다. 예나는 계속 친구 얘기인 척 자신의 상황을 이야기했다.

"당사자가 상담 오지 않아 확실하지는 않지만 '가면 우울증' 같아."

"가면 우울증이요?"

한별은 가면 우울증Masked depression이 마치 가면을 써서 진짜 표정이 보이지 않는 것처럼 속사정이 겉으로는 드러나지 않는 우울증이라고 설명했다.

"가면 우울증에 걸린 사람은 지나치게 명랑한 경우가 많아. 그런데 그렇게 명랑한 척하는 것도 에너지를 쓰는 것이니 쉽게 피로를 느끼지. 지친 모습을 보이지 않기 위해 혼자 있는 시간을 늘리려 하거나, 뭔가에 몰두하는 척하거나, 엄청 재미있는 일을 해서 탈진한 척하기도 해."

예나는 속이 찔렸다. 표정을 들키지 않은 게 다행이라 생각하며, 목소리에 힘을 더 줘서 물었다.

"그 애는 왜 가면을 쓸까요?"

"누구나 가면을 쓰기는 해. 자기의 있는 그대로의 모습으로 모든 상황에 나서면 상처를 받을 수 있어. 가령 어떤 사람이 연약한 마음 그대로 사회생활을 하면 그 틈을 노리고 이용하려는 사람을 만날 수도 있지. 그래서 약한 사람은 일부러 강한 척 가면을 써."

"정말이요?"

"어떤 학교 선생님은 집에서는 유치하게 굴지만, '교사가 그러면 쓰나'라는 말을 듣지 않으려 짐짓 진지한 가면을 쓰지. 나만 해도 여기에서 상담사로서의 사회적 역할에 맞게 행동하기 위해 다정다감한 가면을 쓰지만 남자 친구에게는 어리광을 부리기도 해. 자기가 처한 상황과 사회적 역할에 맞게 쓰는 가면을 심리학에서는 '페르소나'라고 해."

"아, 페르소나라는 말 영화 평론에서 많이 들어 봤어요. 감독의 페르소나인 배우. 이런 식으로."

"그때의 페르소나는 감독이 자기 머릿속에 있는 주제를 표현하기 위해 자기 대신 가면처럼 배우를 내민다는 뜻이겠지. 물론 틀린 말은 아니야. 가면 우울증에 걸린 사람도 자기 마음속에 있는 사람을 표현하기 위해 진짜 자기 모습 대신 특정한 모습을 사회적으로 보이니까."

예나가 생각에 빠져 있느라 어색한 정적이 흘렀다.

"그 친구가 많이 약해서만은 아니야. 너나 나 같은 사람도 사회적 가면에 너무 신경 쓰면 그게 자신인 줄 알고, 진짜 자기를 돌보지 않아 마음의 병을 얻게 돼."

"사회적으로 더 긍정적인 사람이 되려고 노력하는 건 나쁜 게 아니잖아요?"

"맞아, 노력해야지. 하지만 그 노력이 진짜 자기를 무시하라는 말은 아니야. 진짜 자기를 이해하고 그것을 출발점 삼아 좀 더 긍정적인 사람이 되려고 노력할 때야 좋은 결과를 얻을 수 있어."

예나는 고개를 갸웃거렸다.

"잘 이해가 안 돼요."

한별은 예나의 관심 분야와 연관된 예시를 들기 위해 잠시 머리를 굴렸다. 예나가 좋아한다던 오디션 프로그램이 떠올랐다.

"어떤 사람이 고음을 시원하게 내지르는 가수가 되려고 하는데 자기 음역도 이해하지 않고 무조건 고음을 부르면 어떻게 될까?"

"망하겠죠."

"맞아. 본인 목도 아프고, 다른 사람도 괴롭게 돼. 하지만 자기의 음역을 이해해서 거기에 맞는 선곡을 하고 조금 더 나은 방식으로 꾸준히 노력해서 부른다면?"

"자기도 좋고, 다른 사람도 좋게 되겠죠."

"마찬가지야. 멋진 고음 가수라는 이상적인 사회적 가면에 매달리기보다는 일단 자신의 상태를 돌보며 차근히 가려는 마음을 갖는 게 중요해. 그렇지 않으면 현실과 이상의 차이로 마음의 상처가 곪아서 한순간에 허물어져 버릴 수도 있어."

"아하."

"자해하거나 극단적 선택을 하기도 하지. 가면 우울증만이 아니라 우울증이 심해져도 마찬가지기는 하지만."

예나는 몸서리가 쳐졌다.

"우울증이 너무 무서워요."

"아직 그 친구를 직접 상담한 것은 아니니, 우울증인지 아닌지 알 수는 없어. 다만 예나가 한 이야기를 들으니 그럴 가능성이 더 크다는 거지. 나도 우울증이 아니기를 바라."

한별은 예나에게 힘주어 말했다.

"너도 부디 조심해. 현실의 나를 인정하고 돌보는 것에 더 신경을 써야 우울증에 걸리지 않을 수 있어. 나도 늘 조심하고 있는걸?"

한별의 말에 예나는 눈물이 터져 나왔다.

"선생님은 솔직한데, 저는 그러지 못했어요."

예나는 상담 사연의 주인공이 자신이며 그동안의 마음고생을 밝혔다. 예나의 걱정과 다르게 한별은 실망한 기색 없이 이야기를 들었다.

"너는 좋은 상담사가 되고 싶다고 했지? 그러면 너무 먼 이상적인 모습부터 생각하지 마. 지금 쉬운 것부터 도전해 봐."

"어떤 거요?"

"상담사가 되었을 때 너를 찾아온 사람들이 너에게 진실한 마음으로 상담하기를 바라지 않니?"

"맞아요."

"그러면 네가 진실한 마음으로 상담받는 것부터 해 봐. 그러면 사실을 왜곡해서 말하는 사람과 진실을 말하는 사람을 너부터 구별하게 될 거야. 그것도 좋은 상담사의 이상적 조건 아니니?"

"맞아요."

예나는 감정을 추스르며 마음을 다잡았다.

"선생님, 그런데 제가 친구 이야기라며 사실은 제 이야기를 한다는 것을 처음부터 아셨어요?"

"그럼. 그건 상담 공부하지 않아도 다 알아. 너도 친구들 이야기 잘 들어 봐. 이건 절대 자기 이야기가 아니라면서 사실은 자기 이야기하는 경우가 얼마나 많은지. 또래 연애 고민 상담은 거의 다 그렇지 않니?"

한별은 웃으며 말했다. 예나도 따라 웃었다. 웃음 끝에 예나는 진지하게 말했다.

"그런데 몇 가지 사례는 진짜 친구 이야기였어요. 이건 진짜 진짜 진짜예요."

한별도 웃음기를 거두고 예나에게 말했다.

"앞으로 누군가가 마음이 가라앉아 보인다고 우울증이라고 속단해서는 안 돼. 여성의 경우에는 '생리 전 증후군PMS'과 같이 몸의 호르몬 변화와 관련되어 일시적인 증상도 있으니까."

"그래도 제가 말씀드렸던 반 친구 민주는 좀 이상해요."

예나는 평소 밝은 민주가 최근 혼자 반에 남아 있을 때 표정이 너무 안 좋았던 모습을 본 일을 다시 말했다. 그리고 오늘 상담하면서 예로 들었던 메모는 실제로 민주가 넋 잃은 표정으로 낙서했던 내용이었다. 그 내용을 힐끗 보고 예나도 자기가 쓴 것처럼 공감했다. 시선을 느낀 민주는 예나를 보고 반사적으로 웃고 나서 낙서하던 종이를 뒤로 넘겼다.

"평소에 쾌활했지만 일시적으로 슬픈 것일 수도 있어. 학교 친구들은 모르지만 가족 중의 한 명이 돌아가셨거나, 친구 관계가 틀어졌거나, 자신도 어쩌지 못하는 사고를 당했을 때 누구라도 마음이 가라앉잖니? 그것은 우울증에 걸린 게 아니라 슬픔에 빠진 거야."

"슬픔에 빠지면 결국 우울증에 걸리는 게 아닌가요?"

한별은 고개를 가로저었다.

"슬픔은 자신 외부에 있는 사건이나 상황에 대한 거야. 그 사건과 상황이 변하거나, 시간이 지나면 자연스럽게 슬픈 감정도 줄어들게 돼. 일시적이지. 하지만 우울증은 자기 내부에 대한 거야. 자기 생각과 감정, 행동 등에 대한 것이지."

"내부의 문제가 맞는 거 같아요."

예나는 자신의 최근 행동을 떠올리며 말했다. 한별은 자신의 태블릿 PC에 저장된 우울증 검사 질문들을 예나에게 보여 줬다.

"이 중 몇 개는 누구나 살면서 느끼거나 가끔이라도 보이는 증상이야. 하지만 우울증은 이런 증상들이 적어도 4분의 1 이상 있는 것이고, 그것도 정도가 심하다면 전문가를 만나게 해야 해."

예나가 한숨을 지었다.

"민주가 그렇게 걱정된다면 증상을 잘 관찰하고, 결과를 내게 말해 줘. 당사자를 여기가 아니더라도 학교 상담 선생님을 찾게 만드는 아이디어도 함께 내 보자."

한별의 조언을 듣고 예나는 바로 다음 날부터 적극적으로 민주를 관찰했다. 밝은 모습을 가진 아이라서 옆에 가는 것을 경계하지 않아 더 관찰하기 편했다. 변비가 있다며 화장실에서 오랫동안 나오지 않을 때 빼고.

관찰해도 별다른 것을 얻지 못하자 관찰 3일 째에는 아예 화장실도 함께 갔다.

'혹시 남들 눈을 피할 수 있는 화장실에서 뭘 하는 건 아닐까?'

예나는 바로 옆 칸에 앉아 귀를 기울였다. 옆 칸이 아니라 다른 곳에서 소리가 크게 났다. 화장실 두 자리를 오랜 시간 차지하고 있으니 밖에서 기다리던 애들이 아주 격하게 반응했다. 그래서 예나는 동선을 놓치지 않기 위해 밖에 서 있기로 했다.

그렇게 이틀을 보내자니 시각, 청각, 후각적으로 전혀 쾌적하지 않아 심신이 쉽게 피로해졌다. 결국 이틀 만에 화장실 따라가기는 포기했다.

예나가 교실에 앉아 있으니 민주보다 오히려 다른 애들이 더 이상해 보였다. 기말고사가 코앞이라며 아주 예민하게 구는 애들이 많았다. 민주는 늘 봤던 모습과 비슷했다. 예나는 새삼스럽게 관찰해도 나올 것이 없다고 생각하고 기말고사를 준비했다.

기말고사가 끝나고, 예민했던 학생들의 표정은 홀가분하게 바뀌었다. 체육 선생님은 스트레스를 풀어 준다며 자유 체육 시간을 갖게 했다. 학생들은 선생님 모르게 팀별 내기를 해서 각 종목으로 맞붙었다. 민주와 예나는 같은 팀으로 농구를 택했다. 학생들은 쌓인 스트레스를 다 날려 버릴 기세로 격하게 움직였다. 예나도 마찬가지였다. 그러다가 예나가 민주와 부딪히면서 둘이 넘어져서 모두 팔꿈치와 무릎이 까졌다. 예나가 빨리 양호실로 가자고 하자, 민주는 단호하게 말했다.

"난 상처가 빨리 낫는 편이라 그냥 놔둬도 괜찮아. 너만 가."

"그래도 지금 피가 막 나는데? 잠깐 갔다 오자."

"우리 두 명 다 빠지면 힘들어서 안 돼."

"교체할 애들 있잖아. 솔직히 우리가 에이스도 아니고. 우리 양호실 간 사이에 오히려 점수 올라가 있을걸?"

예나가 농담을 섞어 설득했지만 민주는 웃지 않았다. 다른 팀원들도 빨리 양호실에 갔다 오라고 난리였다. 민주는 양호실에 가지 않고 스탠드에 앉아서 손으로 지혈하면서 구경하겠다고 했다. 팀의 주장 격이었던 유진이 나섰다.

"체육대회 경기도 아니고, 왜 이렇게 고집부려? 빨리 갔다 와. 이겨서 핫도그 먹어야지."

민주는 자기를 둘러싼 팀원들의 표정을 살피고 나서 마지못해 예나와 함께 양호실로 향했다. 중간에 민주는 교실에 가서 쉬겠다고 고집을 부렸다. 예나는 기가 막혀 말했다.

"빨리 처지 받고 가서 응원해야지. 너 치료 안 받고 교실에 가서 쉬고 있는 모습 애들이 보면 난리 날 걸? 나만 운동장으로 돌아가기도 이상하잖아."

결국 민주는 예나와 함께 양호실로 들어갔다. 약을 바르려는데, 민주의 표정이 좋지 않았다.

"저는 이런 것쯤은 괜찮아요. 예나나 치료해 주세요. 전 그냥 저 의자에서 좀 앉아 쉴게요."

민주는 재빨리 자리를 뜨려 했다. 하지만 양호 선생님은 민주의 팔을 잡았다.

"농구 코트에 얼마나 더러운 균이 많은데 소독도 안 하려고."

그냥 손에 잡히는 대로 반소매 위 맨살을 잡던 선생님이 말을 멈췄다.

"잠깐만."

선생님은 민주의 소매를 걷어 올렸다. 팔 안쪽으로 날카로운 것에 베인 여러 줄의 상처가 나 있었다. 두툼하게 살이 올라온 오래된 상처도 있고 아직 선홍빛인 상처도 있었다.

"아, 이거 우리 고양이가 잘 할퀴는 애라서 난 상처예요."

민주는 겸연쩍게 웃으며 말했다. 하지만 예나는 예전에 봤던 민주의 메모를 떠올렸다. 그리고 지금까지 고양이를 키운다고 이야기하거나 사진을 보여 준 적이 한 번도 없다는 사실도 떠올렸다. 평소에 밝은 표정으로 이야기하는 민주가 정말 고양이를 키운다면 말하지 않을 리가 없다고 예나는 생각했다.

"알았어. 그런데 이런 것도 소독해야 하니 꼭 다시 와."

소독약을 발라 주는 양호 선생님의 눈빛이 조금 전까지와는 다르게 변했다.

"몇 학년 몇 반이지?"

선생님 말씀에 민주는 마지못해 대답했다.

"꼭 와야 한다. 안 오면 선생님이 찾아갈 거야. 다음에는 너 혼자 와도 좋아."

선생님과 민주 사이에 흐르는 분위기로 예나는 뭔가 있다는 느낌을 확실하게 받았다. 치료를 마치고 양호실에서 나올 때까지 어두운 표정이던 민주는 다시 운동장에 나오자 활달한 표정으로 바뀌었다. 예나는 한별이 말했던 가면 우울증을 떠올렸다. 민주에게서 예나 자신의 모습을 찾을 때마다 너무 안타까웠다. 더 다가가 도와주고 싶었다.

'일단 나도 민주와 같은 면이 있다고 솔직하게 말해 줄까? 그런데 그 애가 가면을 계속 쓴다면? 가면을 벗고 나에게 진실을 말해 주면 내가 뭘 해 줄 수 있지? 일단 공감도 큰 부분이니까. 하지만 민주는 자해하는 거잖아? 나보다 더 심각한 문제면 어떻게 해야 하지?'

그날 밤 예나는 많이 고민했다. 자신의 능력으로 안 되면 한별이나 학교 선생님들이 도울 수 있게라도 하고 싶었다.

예나는 다음 날 종례하자마자 앤의 오두막으로 갔다. 예나는 헐레벌떡 한별을 찾아 그동안 관찰한 바를 자세히 이야기했다. 특히 양호실에서 있었던 일을.

"민주, 그 상처 뭘까요?"

"양호 선생님이 깜짝 놀랐다면 자해일 수도 있어. 하지만 실제로 고양이가 만든 상처일 수도 있어. 그것을 알려면 더 눈에 안 보이는 부위에도 상처가 있는지를 확인해야 해. 고양이를 안거나 갑자기 고양이가 내려앉아도 할퀴기 힘든 허벅지 안쪽이나 겨드랑이 아래 등 눈에 잘 안 띄는 곳에 상처가 여러 개 있다면 거의 확실하지."

"같이 목욕이라도 가야 하나 봐요. 그나저나 저도 가면 우울증이었는데 자해할 생각은 없었어요. 그런데 왜 민주는 자해까지 하는 거예요?"

"남자 친구가 나에게 읽어 준 책에 아주 자세히 나와 있어. 상담실 책장에 꽂혀 있으니 직접 읽어 보면 더 잘 알 수 있을 거야."

한별은 예나에게 작가인 길리언 플린Gillian Flynn 자신이 겪은 일을 바탕으로 쓴 소설 《몸을 긋는 소녀》*를 추천했다. 소설 줄거리를 이야기해 준 다음에 민주의 이야기로 돌아왔다.

"민주는 다른 사람의 관심을 끌기 위해 자해하고 인증샷을 올리지는 않지?"

"네."

"그렇게 자해를 과시하는 경우는 애정 결핍이나 인정 욕구 때문이야. 하지만 철저히 숨기는 자해는 우울증 때문일 확률이 높아."

"우울증이요? 우울한데 왜 자기를 괴롭혀요? 이미 괴로운데?"

*문은실 옮김, 푸른숲, 2014.

"네 말대로 아주 괴로운 마음의 고통이 있지. 하지만 자해하는 그 순간만큼은 신체적 고통 때문에 정신적 고통은 잊을 수 있으니까. 그 정도로 마음이 고통스러우니까 다른 고통스러운 것을 찾는 거야."

"고통을 고통으로 잊는다? 말이 안 돼요."

"마음이 고통으로 가득 찬 사람에게는 다른 고통이 해결책처럼 보여. 어두운 동굴에 들어가면 아주 미세한 차이가 나는 빛도 엄청나게 밝게 보이듯이. 다른 사람의 눈에는 신체의 고통도 심각하게 보여도 당사자는 그나마 마음을 짓누르는 고통보다는 낫다고 느끼는 거지."

"아, 너무 무섭고 안타까워요. 어떻게 해야 하지요?"

"머릿속을 짓누르는 고통에서 민주를 꺼내 줘야 해. 자해로 잊게 하는 것이 아니라, 몰입할 다른 것을 찾아 줘야지."

"이미 학교에서 운동도 하고 학원 다니며 공부도 열심히 하는데요? 몰입할 대상을 또 만들어 준다고요?"

"진심으로 몰입하는 게 아닐 수 있어. 너도 그런 경험 있잖아? 자기가 만든 가면이나 남이 주는 역할에 맞추려고 열심히 하는 것은 몰입이 아니라 고통이지 않을까?"

예나는 무거운 표정으로 고개를 끄덕였다.

"새로 몰입할 것을 네가 옆에서 찾아 주는 게 도움이 될 거야. 고통스러운 일을 그때라도 확실히 잊을 수 있게 말이야. 그것은 친구로서 해 줄 수 있는 거야. 전문가라면 다른 걸 해 줘야 하지만."

"전문가? 어떤 거요?"

"원인을 찾아서 문제를 해결해야지. 그러지 않으면 그 고통의 원인이 또 당사자를 우울하게 만들어 또다시 자해하게 할 수 있으니까."

"민주가 우울한 원인이 뭘까요?"

"그건 상담을 통해서 알아봐야 할 거 같아. 어쩌면 민주 자신도 모르고 있을 수 있어. 그래도 전문가는 찾을 수 있으니, 넌 학교 상담 선생님에게 민주를 데려갈 방법을 찾아보렴. 나에게 데려와도 좋고."

예나는 양호실에서 민주가 선생님을 많이 경계했던 일을 떠올리며, 꼭 한별에게 데려오겠다고 말했다. 가까이 관찰할 수 있는 친구가 좋게 변하는 모습을 계속 확인한다면 한별처럼 멋진 상담사가 되는 데 조금이라도 도움이 되리라 생각했다.

예나는 상담실에서 나와 1층 카페에 앉아 묘안을 생각하기 시작했다.

'나도 유진이 소개로 여기를 알게 된 것이니까, 유진이처럼 가볍게 상담하는 곳이 있다고 던져 볼까? 나처럼 겉으로는 문제없는 척해도 몰래 올 수 있잖아?'

예나는 곧 고개를 저었다.

'민주는 나보다 더 고집 있는 애야. 양호실도 얼마나 힘들게 데

려갔는데…….'

예나는 한숨을 지었다.

'또 어디 아프게 해서 여기로 데려올 수도 없고. 함께 맛난 디저트가 있는 카페에 놀러 가자고 꾈까? 한별 선생님 우연히 만난 것처럼 해서 이야기하게 난 빠질까? 단둘이 가자고 하면 민주가 이상하게 생각할 거야. 나중에 유진이가 알면 삐칠 텐데. 유진이까지 데리고 와도 일이 잘될까? 밝은 척하기 좋아하는 애니까, 그 이미지에 맞는 일이어야 하는데…….'

이것저것 아이디어를 쥐어짜느라 눈을 굴리던 예나의 눈에 카페에 공지된 디제잉 파티 포스터가 들어왔다.

'저게, 뭐지?'

예나는 자리에서 일어나 포스터 내용을 찬찬히 읽었다.

'아, 이거다!'

예나는 환하게 웃으며 손뼉을 쳤다.

그 시간 민주는 학원에서 엄마로부터 메시지를 받자마자 화장실로 들어갔다. 상의 안쪽에 꽂아 놓은 뾰족한 바늘을 습관적으로 꺼냈다. 팔 안쪽과 겨드랑이는 이미 자리가 다 찼다. 그리고 양호 선생님의 눈빛이 마음에 걸렸다. 허벅지 가장 깊숙한 곳을 찔렀다. 신음이 저절로 나올 정도로 신체적 고통이 밀려왔다. 덕분에 마음을 짓누르던 정신적 고통은 머릿속에서 사라졌다. 몸의 고통이 좋아서가 아니라, 마음의 고통을 잊기 위해 자해에 익숙해진 민주는 피가 흘러내릴 때까지 여러 번 자기 몸을 찔렀다.

생각의 징검다리

우울증을 극복하는 방법 ?!!

우울증은 무서운 병입니다. 흔히 우울증을 정신적 감기라고 합니다. 하지만 감기를 제대로 치료하지 않으면 폐렴으로 악화되어 목숨을 잃기도 하는 것처럼, 우울증도 가볍게만 볼 문제가 아닙니다. 우울증에 걸릴까 걱정된다면 일단 다음과 같은 사항을 실행하려 노력하는 게 좋습니다. 이 사항은 우울증에 걸린 사람의 문제 해결에 큰 도움이 됩니다.

첫째, 억지로라도 사람들과 함께하려고 해야 합니다. 혼자라는 느낌이 들면 우울증이 더 심해집니다. 이왕이면 가급적 긍정적인 사람들과 함께하려고 하세요. 사람을 만나는 게 힘들면 라디오를 들으세요. 개그맨이 진행하는 라디오 프로그램을 들으며 우울증이 나았다고 사연을 보내는 사람이 많습니다. 처음에는 피식피식 웃지만, 긍정적인 사람과 함께 시간을 보내는 기분이 들어 결국에는 그 에너지를 받아 우울증을 극복하게 됩니다.

둘째, 생명보다 더 소중한 것은 없다는 사실을 느껴야 합니다. 그것을 머리로 알고 있는 것과 가슴으로 느끼는 것은 다릅니다. 부모님의 칭찬, 성적, 돈, 외모, 입학, 취직 등 가치 있는 목표로 삼을 것들을 적어 놓고 가장 중요한 것부터 덜 중요한 것까지 차례대로 순위를 매겨 보는 시간을 가져야 합니다.

셋째, 완벽주의에서 벗어나야 합니다. 완벽주의에 빠지면 비현실적인 목표를 세워서 노력해도 결국 완벽한 성공을 거두기는 힘들어 좌절하고 우울해집니다. 만약 누군가 완벽주의에 빠졌으면 충분히 잘하고 있다고 인정하는 칭찬을 옆에서 해 줘야 합니다. 자신이 완벽주의에 빠졌다면 너무 큰 목표를 잡아서 좌절하기 쉽습니다. 작은 목표로 나눠서 중간중간 성취의 기쁨을 확인하세요. 그리고 완벽하지 않아도 괜찮다는 사실을, 자신을 더 인정할 수 있게 시간이 날 때마다 자기에게 말해 주세요. 비난이 아닌 용기의 말을 해 주세요. 자존감이 커지면서 우울증은 줄어들게 됩니다.

넷째, 우울증은 자기 자신을 너무 몰아붙여서 생기기도 합니다. 기분은 그렇지 않은데 쾌활한 사람이라는 이미지에 맞게 행동하면 어떨까요? 자기 본마음을 표현하지 못해 지치게 됩니다. 그러면 사람이 없는 곳에서 잠시 쉬는 것도 좋습니다. 단, 정말 잠시입니다. 첫 번째 극복 방법 기억하시죠? 긍정적인 사람들과 함께하려고 하세요. 일단 조금 충전이 되었다 싶으면 자기 일을 마무리하도록 바쁘게 움직여 보세요. 바쁘게 움직이면 머릿속으로 부정적인 생각을 되뇌는 것을 막게 되니까요.

다섯째, 마음은 몸 상태에 좌우되기도 합니다. 우울증에 걸리지 않은 사람도 공복인 상태에서는 예민해지거나 기분이 처지지 않나요? 건강한 몸 상태를 만들면 마음도 더 건강해질 수 있습니다. 우울증에 걸렸다가 운동을 시작해서 더 멋진 몸과 마음을 가지게 되었다는 연예인이나 일반인 인터뷰를 자주 볼 수 있는 세상입니다. 건강한 몸을 만들면 마음의 건강도 회복할 수 있습니다. 먹는 음식과 운동에 신경 써 보세요.

운동을 무리하게 할 필요는 없습니다. 살짝 빨리 걷는 것만으로도 우울증을 치료할 수 있으니까요. 몸을 움직이면 엔도르핀이 분비되어 뇌를 향해 더 많은 혈액이 공급되기 시작하며, 기운이 나게 해 기분을 더 좋게 만들어 줍니다. 실내 운동과 달리 걷기는 햇살을 받고 주변 식물이나 하늘 등 자연의 변화에 신경을 쓰게 됩니다. 자연을 느끼며 걸으면 자신을 괴롭게 하던 잡념도 줄어들고, 매일 새로운 느낌을 마음속에 불어 넣게 되어 좋아요. 도시에 살아도 공원에는 나무와 풀과 꽃이 있으니, 자연에 더 집중하며 걸어

봐요.

여섯째, 자원봉사도 우울증 극복에 효과가 있습니다. 자신이 가치 있는 일을 하고 있다고 주변에서 계속 인정해 주면 자기 비하와 좌절감이 줄어듭니다. 특히 다른 사람 돕기가 좋습니다. 다른 사람을 도우면 자신이 무가치하다는 생각에서 벗어날 수 있고, 관심의 대상을 자기 내부가 아닌 외부로 돌릴 수 있다는 장점이 있습니다. 그리고 주변 사람들에게도 긍정적인 칭찬을 듣게 되어 세상에 대한 부정적인 인상도 줄고, 우울증에 대한 면역력에 해당하는 자존감을 성장시키는 효과가 있어요.

단, 자신이 지칠 정도로 다른 사람을 도와주는 것이 아니라, 처음에는 조금이나마 자존감을 회복할 정도면 충분합니다.

일곱째, 개인적 감정과 생각을 비밀 일기에 풀어내기입니다. 부정적인 생각과 감정이 어떤 일 때문에 나오는지 확인해서 다음에는 피하려 노력하고, 긍정적인 생각과 감정도 어떻게 생겼는지 직접 확인하기 위한 일기 쓰기가 필요합니다. 머릿속으로 '난 늘 부정적이야' 하는 믿음을 버리고, 스스로 긍정성을 찾게 하는 데 효과가 있습니다.

여덟째, 자신의 좋은 점 적기입니다. 우울증에 걸리면 자신의 부정적인 면은 더 크게 보고, 긍정적인 면은 과소평가합니다. 그러니 자신의 좋은 점을 적어 자신이 얼마나 긍정적인 사람인지 확인하는 게 필요합니다.

아홉째, 말하고 생각하는 방식 바꾸기입니다. 나쁜 일에도 좋은 면이 있음을 생각하고 말하는 훈련이 필요합니다. 예를 들어 '적어도'라는 단어를 넣어서 생각하고 말하는 게 좋습니다. 그러면 실패해서 부정적인 상황이라도 '적어도 이런 교훈은 얻었다'라는 긍정성을 발견할 수 있으니까요.

열째, 우울증에 빠지기 전에 앞의 아홉 가지 방법 실행하기입니다. 치료보다는 예방이 더 중요합니다. 혹시나 주변에 우울증에 걸린 분이 있다면, 여기에 적힌 방법을 실행하도록 지시하시지 말고 본인이 원해서 하는 것처럼 함께해 보세요. 만약 산책한다면 "우울증에 산책이 좋다고 하니 해 봐."

가 아니라 "너랑 산책하면 혼자가 아니라 좋을 것 같아."나 "공원 근처에서 ○○ 살 건데 좀 골라 줘."라는 식으로 말하셔야 합니다. 다른 사람도 돕고 본인도 우울증 예방 효과를 얻습니다.

추천 도서
《따분해 : 신나는 10대로 만들어 주는 심리학》, 이남석 지음, 탐, 2013.

부록

청소년 및 성인 우울 척도(BDI)*

문항에서 현재(오늘을 포함하여 지난 일주일 동안)의 자신을 가장 잘 나타낸다고 생각되는 문장을 하나씩 선택하여 ○표시 하세요.

1	나는 슬프지 않다.	0
	나는 슬프다.	1
	나는 항상 슬프고 기운을 낼 수 없다.	2
	나는 너무나 슬프고 불행해서 도저히 견딜 수 없다.	3
2	나는 앞날에 대해서 별로 낙담하지 않는다.	0
	나는 앞날에 대한 용기가 나지 않는다.	1
	나는 앞날에 대해 기대할 것이 아무것도 없다고 느낀다.	2
	나의 앞날은 아주 절망적이고 나아질 가망이 없다고 느낀다.	3
3	나는 실패자라고 느끼지 않는다.	0
	나는 보통 사람보다 더 많이 실패한 것 같다.	1
	내가 살아온 과거를 뒤돌아보면 실패투성이인 것 같다.	2
	나는 인간으로서 완전한 실패자라고 느낀다.	3
4	나는 전과 같이 일상생활에 만족하고 있다.	0
	나의 일상생활은 예전처럼 즐겁지가 않다.	1
	나는 요즘에는 어떤 것에서도 별로 만족을 얻지 못한다.	2
	나는 모든 것이 다 불만스럽고 싫증 난다.	3

* Beck Depression Inventory

5	나는 특별히 죄책감을 느끼지 않는다.	0
	나는 죄책감을 느낄 때가 많다.	1
	나는 죄책감을 느낄 때가 아주 많다.	2
	나는 항상 죄책감에 시달리고 있다.	3
6	나는 벌을 받고 있다고 느끼지 않는다.	0
	나는 어쩌면 벌을 받을지도 모른다는 느낌이 든다.	1
	나는 벌을 받을 것 같다.	2
	나는 지금 벌을 받고 있다고 느낀다.	3
7	나는 나 자신에게 실망하지 않는다.	0
	나는 나 자신에게 실망하고 있다.	1
	나는 나 자신에게 화가 난다.	2
	나는 나 자신을 증오한다.	3
8	내가 다른 사람보다 못한 것 같지는 않다.	0
	나는 나의 약점이나 실수에 대해서 나 자신을 탓하는 편이다.	1
	내가 한 일이 잘못되었을 때는 언제나 나를 탓한다.	2
	일어나는 모든 나쁜 일은 모두 내 탓이다.	3
9	나는 자살 같은 것은 생각하지 않는다.	0
	나는 자살할 생각을 가끔 하지만 실제로 하지는 않을 것이다.	1
	자살하고 싶은 생각이 자주 든다.	2
	나는 기회만 있으면 자살하겠다.	3
10	나는 평소보다 더 울지는 않는다.	0
	나는 전보다 더 많이 운다.	1
	나는 요즈음 항상 운다.	2
	나는 전에는 울고 싶을 때 울 수 있었지만 요즈음은 울려야 울 기력조차 없다.	3

11	나는 요즈음 평소보다 더 짜증을 내는 편이 아니다.	0
	나는 전보다 더 쉽게 짜증이 나고 귀찮아진다.	1
	나는 요즈음 항상 짜증을 내고 있다.	2
	전에는 짜증스럽던 일이 요즈음은 너무 지쳐서 짜증조차 나지 않는다.	3
12	나는 다른 사람들에 대한 관심을 잃지 않고 있다.	0
	나는 전보다 사람들에 대한 관심이 줄었다.	1
	나는 사람들에 대한 관심이 거의 없어졌다.	2
	나는 사람들에 대한 관심이 완전히 없어졌다.	3
13	나는 평소처럼 결정을 잘 내린다.	0
	나는 결정을 미루는 때가 전보다 더 많다.	1
	나는 전보다 결정을 내리는 데 더 큰 어려움을 느낀다.	2
	나는 더 이상 아무 결정도 내릴 수 없다.	3
14	나는 전보다 내 모습이 나빠졌다고 느끼지 않는다.	0
	나는 매력 없어 보일까 봐 걱정한다.	1
	나는 내 모습이 매력 없이 변해 버린 것 같은 느낌이 든다.	2
	나는 내가 추하게 보인다고 믿는다.	3
15	나는 전처럼 일을 할 수 있다.	0
	어떤 일을 시작하는 데 전보다 더 큰 노력이 든다.	1
	무슨 일이든 하려면 나 자신을 매우 심하게 채찍질해야만 한다.	2
	나는 전혀 아무 일도 할 수가 없다.	3
16	나는 평소처럼 잠을 잘 수 있다.	0
	나는 전만큼 잠을 자지는 못한다.	1
	나는 전보다 일찍 깨고 다시 잠들기 어렵다.	2
	나는 평소보다 몇 시간이나 일찍 깨고 한번 깨면 다시 잠들 수 없다.	3

17	나는 평소보다 더 피곤하지는 않다.	0
	나는 전보다 더 쉽게 피곤해진다.	1
	나는 무엇을 해도 피곤해진다.	2
	나는 너무나 피곤해서 아무 일도 할 수 없다.	3
18	내 식욕은 평소와 다름없다.	0
	나는 요즈음 전보다 식욕이 좋지 않다.	1
	나는 요즈음 식욕이 많이 떨어졌다.	2
	요즈음에는 전혀 식욕이 없다.	3
19	요즈음 체중이 별로 줄지 않았다.	0
	전보다 몸무게가 2kg가량 줄었다.	1
	전보다 몸무게가 5kg가량 줄었다.	2
	전보다 몸무게가 7kg가량 줄었다.	3
20	나는 건강에 대해 전보다 더 염려하고 있지는 않다.	0
	나는 여러 가지 통증, 소화불량, 변비 등과 같은 신체적 문제로 걱정하고 있다.	1
	나는 건강이 너무 염려되어 다른 일을 생각하기 힘들다.	2
	나는 건강이 너무 염려되어 다른 일은 아무것도 생각할 수 없다.	3
21	나는 요즈음 성(sex)에 대한 관심에 별다른 변화가 없다.	0
	나는 전보다 성(sex)에 대한 관심이 줄었다.	1
	나는 전보다 성(sex)에 대한 관심이 상당히 줄었다.	2
	나는 성(sex)에 대한 관심을 완전히 잃었다.	3

채점 방법	각 문항에서 선택한 항목의 점수를 모두 더한다.
해석 지침	*점수의 범위 : 0~63점 0~9점 : 우울하지 않은 상태 10~15점 : 가벼운 우울 상태 16~23점 : 중한 우울 상태 24~63점 : 심한 우울 상태 *한국에서는 BDI 16점 이상을 우울 집단으로 나눈다.

실수할까 봐
두려워서
아무것도
못 하겠어요

6.

7월 마지막 주말. 한여름 태양으로 한껏 달궈진 마당을 피해, 효묵은 동네 어귀의 버려진 건물 입구에 학생들을 서게 했다. 효묵이 큰 소리로 학생들에게 말했다.

"자, 여기 있는 분들은 모두 친구예요. 물론 나이 차이는 좀 있지만 좋은 마음으로 좋은 일을 하기 위해 모인 분들이니 서로 친해지면 좋을 거예요. 이번 앤의 오두막에서 하는 자원봉사는 생활기록부에도 올라가지 않는 순수한 봉사인 것 아시지요?"

"네."

모두 큰 소리로 대답했다.

예나는 유진이 나와 있어서 의외였다. 입시에 도움이 될까 싶어 생활기록부에 남들보다 더 많은 봉사 시간을 올리려는 욕심이 있는 애라고 생각했기 때문이었다.

유진은 예나에게 앤의 오두막을 소개한 다음 예나가 많이 안정

된 모습을 보고 놀랐다. 그래서 기말고사 끝나고 몰래 와서 가족 관계에 대한 고민을 상담했었다.

유진의 부모님은 '나만큼만 해'라며 당신들이 생각하는 바를 강요했다. 유진이 자기 생각을 말하면 무시했다. 봉사를 많이 한 것도 유진 자신의 아이디어가 아니라, 부모님의 강요 때문이었으니 절대로 열심히 하지 않았다. 친구인 예나는 유진이 상담을 통해 고민을 해결할 단서를 찾은 것에 대한 보답으로 봉사를 나온 사실을 꿈에도 생각하지 못했다.

효묵은 게임하는 것처럼 상자에 넣은 여러 색깔의 공을 뽑아서 색깔별로 조를 나눴다.

영승과 예나와 은평 등은 효묵의 조에 속해서 천장에 있던 쓸모없는 선과 거미줄을 없애고, 기계가 있던 바닥과 벽 청소를 했다. 유진은 다른 조에 속했다.

"이 공간은 일단 여름 방학 때 도시재생센터 개관 기념 디제잉 파티에 쓸 거지만 나중에 여러분이 사용할 청소년 커뮤니티 센터가 될 예정이니 더 꼼꼼하게 해 줘요."

작업 지시를 하는 효묵의 모습이 상담할 때 부드러웠던 것과는 다르게 카리스마가 넘쳐서 영승은 놀랐다. 한편 은평은 처음 봤던 효묵의 모습과 비교하며 최근에 훨씬 부드러워졌다고 생각했다.

효묵은 영승이 쉴 틈을 주지 않았다. 몸이 녹초가 될 수밖에 없는 일을 시켰다. 덕분에 다른 작업자가 보기에 영승은 땀을 뻘뻘

흘리며 진실하게 봉사에 몰입하는 사람처럼 보였다. 시간만 때우러 가는 봉사에서는 볼 수 없는 영승의 모습을 보며 같은 조의 예나는 영승이 참 기특하다고 생각했다.

'저 애도 나처럼 상담받아서 이런 봉사를 하는 거겠지? 대체 무슨 상담을 받은 걸까? 아니야. 저렇게 열심히 하는 것을 보면 원래 착한 애라 상담과 상관없이 봉사하는 것일 수도 있어.'

영승은 예나의 시선이 느껴졌다. 자기도 모르게 영승도 예나를 힐끗힐끗 쳐다보게 되었다. 시선이 마주칠 때마다 괜히 어색해서 영승은 큰 소리로 혼잣말을 했다.

"아, 쓰레기가 저기 있었구나."

영승이 이런 식으로 말할 때마다 예나는 미소를 지었다.

그날 청소를 다 끝내고 효묵은 영승에게 중학생 리더로 디제잉 파티 기획을 해 보라고 했다.

'재는 몸을 움직이는 일뿐만 아니라, 머리도 잘 쓰나 봐.'

예나의 호기심은 더 커졌다. 예나는 민주에게 도움이 될 요소를 찾고 민주와 한별을 연결할 기회를 만들어 보려고 디제잉 파티 기획팀에 들어갔다. 하지만 영승을 보니 기획팀에 들어온 또 다른 재미가 있었다.

그로부터 한 주가 흘렀다. 영승, 예나, 윤수, 유진 등은 디제잉 파티 전체 이벤트 중 청소년용 프로그램을 기획하기 위해 앤의 오두막에 모였다. 기획 회의는 엉망진창이었다. 방송에서 본 것들을 집어넣었다가 누가 그 일을 해야 하는지 따져 보고 없앴다가, 그래도 재미있으려면 넣어야 한다고 했다가 다시 빼는 과정을 반복하다가 끝났다. 예나는 민주가 자연스럽게 앤의 오두막에 합류해서 한별과 상호작용할 만한 프로그램을 넣지 못해 한숨을 지었다.

회의를 마친 영승도 한숨을 쉬었다. 효묵에게 면담을 신청했다. 그 모습을 보고 예나는 영승이 리더로 끝까지 책임지려고 최선을 다하는 것 같아 마음에 더 들었다.

'두 살 많은 우리보다 영승이가 훨씬 더 어른스러운 거 같아.'

예나는 남자 동창들을 떠올리다가 예전에 만났던 남자 친구 얼굴이 생각나 몸서리를 쳤다. 유진이 예나에게 무슨 고민이 있냐고 물었다. 예나는 1층 카페로 내려와 자리에 앉아 예전 남자 친구 이야기를 했다. 그러고 나서 말했다.

"이미 다 지난 이야기야. 실은 요즘 다른 고민이 있어."

예나는 유진도 함께 봤던 체육 시간의 일과 양호실에서의 일 등을 이야기했다.

"네가 나를 도와준 것처럼 나도 민주에게 도움을 주고 싶은데 어떻게 해야 해? 여기에 와서 자연스럽게 상담받도록 하고 싶은데."

한편 2층에 남아 있던 영승은 효묵과 일대일로 자리에 앉자마자 볼멘소리를 냈다.

"저 말고 은평이나 윤수, 아니면 2학년 후배라도 좋으니 이쪽에

재능이 있는 애를 리더로 정해 주세요. 약속한 대로 제가 열심히 할게요. 안 그러면 빠질 거예요."

"그냥 부담 갖지 말고 너희가 담당한 부분만 재미있게 해 봐. 고등학생팀도 있고, 성인팀도 있잖아."

"저희는 재미있게 한다고 하지만, 이게 정말 제대로 될지 몰라 두려워요. 우리 자신이 디제잉 파티 경험이 없는 왕초보잖아요."

"그래서 한 달 전에 예비 파티부터 해서 연습해 보자고 지금 모인 거잖아. 연습을 위한 연습."

"맞아요. 그 연습을 위한 연습부터가 엄청나게 부담된다고요. 오늘 회의 왔다 갔다 하며 보셨잖아요? 한 달 뒤라고 달라질 수준이 아니에요. 저부터가."

"오케이."

"오케이? 그럼 저 이제 빠져도 되나요?"

효묵의 말에 영승의 표정이 밝아졌다.

"자, 오늘 회의로 넌 무엇이 문제인지 알게 되었다는 거구나."

"네. 아주 뼈저리게요. 우리 애들이나 고등학교 선배나 모두 아이디어만 있지 실행력이 없더라고요."

"좋아. 그럼 됐어. 오케이!"

효묵의 말이 끝나자마자 영승은 기뻐서 벌떡 일어나 나가려 했다. 효묵이 재빨리 영승의 손을 잡아끌어 다시 앉혔다. 영승은 놀란 눈으로 쳐다봤다. 효묵이 째려보았다.

“엥? 왜요? 됐다면서요?”

“아니! 머릿속으로 기획만 하지 말고, 직접 참여자가 돼서 해 보면서 뭐가 문제인지 느낀 후 기획을 정교화하라는 거지. 이건 MIT 창업 매뉴얼에도 나오는 말이야.”

“아니 전 봉사를 하는 거지 창업하자는 게 아닌데요?”

“맞아. 그런데 봉사도 잘하려면 기획해야 하잖아. 너도 여기에서 여러 가지 봉사를 하면서 느끼지 않았니? 바닥 청소하기 전에 천장 공사를 해야 했는데, 반대로 해서 너희가 일을 여러 번 했잖아.”

“맞아요. 그래서 기획을 잘하는 사람이 이 일을 맡아야 한다고요.”

“그래, 그래서 기획을 잘하는 사람을 만들려고 이 일을 너에게 맡긴 거야. 경험이 있어야 기획을 잘하게 될 거 아니야? 누구는 처음부터 다 잘했겠니?”

의외의 일격에 영승은 입이 쩍 벌어졌다. 정신을 차리고 영승은 다시 공격, 아니 방어하려 숨을 크게 들이켰다.

“저는 기획 잘할 마음이 없어요.”

“더 잘 되었네. 잘할 마음이 없으니 부담도 없잖아. 노래방에서 노래를 잘 부르려고 하는 애가 부담이 있지, 그냥 소리 한번 지르고 좀 쪽 팔리고 말지 하는 애는 부담 없잖아.”

영승은 더 크게 숨을 들이켰다.

“저는 소리 한번 지르고 좀 쪽팔리자는 마음도 없어요.”

"그래도 좋아. 그냥 노래방까지만 함께 가자."

"아니, 저보고 마이크 잡고 내내 부르라고 하고 계시잖아요."

"어, 리더가 계속 노래 부르는 사람, 즉 모든 일을 혼자 다 하는 사람이었어? 다른 사람 노래하도록 순번 정하고, 잘 부르게 도와주는 사람 아니었나? 너 혹시 혼자 다 하는 리더가 되고 싶었던 거야?"

영승은 얼어붙었다.

"에이, 아니지? 우리 영승이가 그럴 리가 없어. 다른 애들이 잘 일할 수 있게 도와줘. 모두 재미있는 아이디어와 숨은 재능이 있는 애들이야. 네 친구 윤수만 해도 그렇지 않니?"

"맞아요. 그렇기는 해요."

영승은 고개를 끄덕이다가 이게 아니다 싶었다.

"그래서 리더가 된 게 더 겁나요. 잘할 수 있는 애들 제가 망치는 게 아닌가 해서요."

"얼렐레?"

효묵이 어이없다는 표정을 지었다.

"너 아까 나에게 상담 요청했을 때 처음에는 오늘 완전히 망쳐서 그만두고 싶다고 그러지 않았어?"

영승의 얼굴이 붉어졌다.

"이미 망쳤는데 뭘 두려워해. 망친 애들과 그냥 재미있게 지내. 네 말 대로라면 더 나빠지기도 힘드니까."

"아저씨! 아니, 선생님."

영승은 다급하게 말을 막았다.

"우리끼리 망친 것이라도 다른 팀에게 영향을 주니까요."

"다른 팀도 열심히 해서 보완하겠지. 그렇지 않으면 너희보다 훨씬 더 망쳐서 너희 실수를 가려 주거나."

"선생님과 다르게 저는 실패할까 봐 두려워요. 괜찮다, 연습의 연습이다 등 아무리 말씀하셔도 두려운 제 마음이 줄어들지 않아요. 그냥 그만두고 싶어요."

효묵은 의자에 몸을 더 기대었다. 오른손으로 수염이 난 턱을 만지면서 영승을 쳐다봤다. 여태까지 한 것처럼 우격다짐으로는 통하지 않을 것을 느낀 효묵은 신중하게 할 이야기를 골랐다.

"자, 내가 하나 묻자. 두려움은 필요한 것일까, 필요 없는 것일까?"

"두려움 때문에 저처럼 스트레스를 받으니 필요 없지 않나요?"

"땡! 스트레스는 심리학적으로 '외부의 자극에 대한 생존을 위한 반응'이야. 생존을 위해서 필요한 거란 말이지."

"네?"

영승은 놀랐다.

"원시인이 두려움이 없어서 낯선 숲에 막 들어갔다면 맹수나 독사, 독풀에 노출되어 살아남지 못해 후손을 남기지 못했겠지? 우리는 모두 두려움을 느끼는 조상 덕분에 세상에 나오게 된 사람들이야."

영승은 고개를 저었다.

"하지만 지금은 숲에 맹수가 있는 시대가 아니잖아요. 시내에 있는 공원에서 독사나 독풀에 당할 확률이 그다지 높지 않잖아요."

영승이 말했다. 효묵은 여유 있는 미소를 지으며 대답했다.

"대신에 예전의 경험으로는 예상할 수 없는 기술, 기기, 상황들이 세상에 쏟아지지. 개인의 힘으로 통제하기 힘든 사건과 사고, 경제 불황이나 정치 격변, 심지어 전쟁 위기 상황도 벌어지고 있잖아. 그러면 준비가 아직 안 된 자신에게 다음에 어떤 일이 생길지 두려워지지."

"맞아요. 그러니까 문제라는 거예요."

"문제? 스트레스를 없애려고 두려움을 없앤다고? 아니, 두려움을 적당한 수준으로 만들면 돼. 심리학에서는 이것과 관련된 법칙이 있어."

효묵은 세미나실 칠판에 사발을 엎어놓은 모양의 그래프를 그렸다. 그리고 수학 공식 이름처럼 심리학 법칙 이름을 썼다. 여크스 도슨 법칙Yerkes-Dodson law은 두려움으로 스트레스가 지나치게 높거나 낮으면 성과가 떨어지지만, 중간 수준의 스트레스는 오히려 성과를 높이는 현상을 발견한 연구자의 이름을 따서 만든 법칙이라고 설명했다.

"너도 주변이 너무 시끄럽거나 너무 조용할 때보다, 적당히 소음이 있을 때 뇌가 적당한 스트레스를 받으며 더 집중이 잘 된 경험이 있을 거야. 다 잘 되리라고 방심해서 스트레스가 사라지고 집중력까지 떨어지면서 게임이나 시험을 망쳤던 경험 없어?"

영승은 과거의 경험이 떠올라 씁쓸한 미소로 대답을 대신했다.

"적당한 수준의 두려움은 좋다는 것에 이제 동의하지?"

"그렇지만 저는 적당한 수준 이상의 두려움을 갖고 있나 봐요. 자신감 있게 아이디어를 내놓지 못하겠어요. 이게 정말 맞나? 이래도 되나 싶어 딱 벽에 막혀요. 기획이 정해지면 막 몸으로 뛸 자신은 있는데."

영승이 말했다. 효묵이 영승을 장난스럽게 째려보며 말했다.

"그래? 나중에 기획 다 끝나고 실행할 때 몸이 힘들다 뭐다 하기 없기야."

영승의 굳은 표정은 풀어지지 않았다. 효묵도 진지하게 말했다.

"두렵다고? 두려움의 원인을 살펴봐. 예측 불가능한 것, 통제 불가능한 것, 낯선 것 때문이지?"

영승은 천천히 고개를 끄덕였다.

"자, 그것은 우리가 즐기는 것이기도 하잖아? 예측하지도 못하고 통제할 수도 없었던 복권 당첨과 같은 뜻밖의 횡재에 기뻐하고, 낯선 연예인의 등장에 환호하고, 익숙한 곳보다는 이왕이면 낯선 곳으로의 여행을 더 좋아하잖아."

"그렇기는 하지만."

효묵이 손바닥을 쫙 펴서 영승의 얼굴 앞으로 내밀었다. 영승은 반사적으로 움찔했다. 효묵이 말했다.

"하지만이라는 말 빼고 다시 말해 봐."

"그렇기는…… 하죠."

"맞아. 두려워했던 낯선 것을 두려움이 아니라 즐길 대상으로 볼 수도 있어."

"좋아요. 백번 양보해서 일단 아이디어를 내고 웃고 떠들면서 과정을 즐길 수는 있어요. 하지만 최종 이벤트 결과를 생각하면 너무 두려워요."

"또 하지만이군."

효묵은 한숨을 지었다. 영승은 더 크게 한숨을 지었다.

"앤의 오두막이 처음으로 진행하는 청소년 파티라면서요? 저희가 망치면 어떻게 해요. 그래서 다음에 이런 프로그램이 아예 지원받지 못하면 어떻게 해요?"

영승의 말을 듣고 효묵은 잠시 생각에 잠겼다.

"너 이번 디제잉 파티 실패하면 바로 여기 뜰 거니?"

"그건 아니에요."

"실패하면 왜 실패했는지 교훈을 정리하고 다시 도전하면 되지. 한 달 전에 실패할 만한 요소를 점검하려 파티 연습하듯이, 본 파티도 다음 파티를 위한 과정으로 생각하면 돼. 결과? 에이, 다 나중을 위한 과정이야. 너도 과정은 즐긴다고 했잖아? 계속 즐겨. 파티도 과정이고, 청소년 센터 개관도 다 과정이야. 계속 과정이라고 생각하며 가면 되겠네."

환하게 웃는 효묵과 달리 영승의 표정은 밝지 않았다.

"내가 처음 청년 창업했을 때도 너랑 비슷했어. 그래서 오히려 너에게 가볍게 이야기하는 거야. 그때 선배도 지금 나처럼 말했거든. 심각한 일도 심각하지 않게 말해야 심각하지 않게 느껴지지. 두려운 것도 심각하지. 하지만 심각하게 생각하면 한이 없는 거야."

"선생님도 저랑 비슷했다고요?"

"취직해 본 적도 없는 내가 여자 친구와 창업한다고 하니까 선배가 처음에는 말렸어. 그래도 한다고 하니까 부담을 갖지 말고 힘내라고 말해 줬지. 그러면서 마지막에는 의외의 일격을 가했어."

"어떻게요?"

영승은 여태까지 선생님이 한 말 모두가 의외의 일격이었다고 말하려다 참았다.

"너희가 노력한 만큼의 성공, 혹은 그 이상의 성공을 기대하지 말아야 해. 그렇게 기대하니 부담도 되는 거지."

"기대하지 마라?"

효묵은 손가락을 튕겼다.

"맞아. 너도 말했잖아. 이 동네에서 공식적으로 코스튬플레이 청소년 디제잉 파티가 없었다고. 없던 곳에서 파티 한번 하는 것 자체가 이미 성공이야. 그것 이상으로 너무 잘하려니까 두려워지는 거지. 나도 창업해 본 적이 없었어. 일단 창업하는 게 성공인데, 창업으로 평생 먹고살고 칭찬받을 일을 하는 성공을 기대했거든."

영승의 마음이 조금 열렸다. 효묵의 말이 밝은 빛처럼 가슴속으로 들어오면서 자신의 문제가 좀 더 잘 보였다.

"그것도 있지만 제가 원래 두려움을 잘 느껴서 이번 일에 대해서도 그런 것 같아요."

"그럴수록 이번 일은 네가 맡아야 해. 몸이 약한 사람이 약하다며 운동하지 않으면 평생 약하게 사는 것처럼, 약하니까 자기가 감당할 수 있는 운동을 찾아서 해야 해. 두려움이 많으니 두려움을 별로 안 가져도 되는 일부터 해 봐야지."

"이건 동의하지 못하겠어요."

"왜?"

"디제잉 파티가 어떻게 두려움을 별로 안 가져도 되는 일이에요?"

"너희 학교에 앤의 오두막을 아는 애가 몇 명이지?"

"비밀스럽게 애들을 모으셨으니 많지 않죠."

"자원봉사 하는 애들 말고 그냥 이름이라도 들어 본 애들."

"그것도 많지 않은 것 같아요. 애들 더 모아 보려고 우리끼리 이야기해도 별 관심 없더라고요. 이름이 구려서 그런가."

"이름? 내가 지은 건데?"

"앗."

효묵은 영승의 말에 어이없어하며 입을 쩍 벌렸다가 다물었다. 그러고는 눈에 힘을 주면서 말했다.

"좋아. 너희 학교와 고등학생팀의 학교에서, 그리고 우리 도시의 어른 중에서 우리를 믿고 디제잉 파티에 관심을 두고 올 사람이 많을까, 그렇지 않을 사람이 많을까?"

"그야, 그렇지 않을 사람이 훨씬 더 많죠."

"너도 축제 갔을 때 했던 경험을 떠올려 봐. 누가 뭘 어떻게 했는지 등이 다 자세히 떠오르니?"

"아뇨?"

"그냥 어떤 실수가 있었다는 정도지. 그것도 다른 일에 밀려 곧 잊혀. 심지어 갔었는지도 다 잊어버려. 네가 두려운 것은 많은 사람이 올 것이라는 기대와 네가 하는 일에 결과가 많이 달라질 것이라는 기대가 있기 때문이야. 현실은 그렇지 않아."

영승은 효묵의 말을 잠자코 들으면서 떠오르는 생각이 많았다. 실수에 대해 민감했던 과거와 현재의 자신이 보였다.

"중학교 팀에는 너 말고도 다른 팀원이 있고, 다른 학생팀에, 성인팀, 전문 공연 팀까지 있어. 네가 실수해도 심판처럼 점수를 매기거나 탈락시키는 경연장에 서는 게 아니야. 네 마음속 경연장에서 제발 내려와."

영승은 숨을 길게 내쉬면서 말했다.

"솔직히 선생님 말씀을 들으니 그런 것 같지, 그전에는 한 번도 제 기대 때문에 두렵다고 생각해 본 적이 없어요."

"맞아. 나도 선배의 말을 듣고 내가 직접 해 본 두려움을 줄이는 데 도움 되는 심리 처방이 있어."

"그게 뭐예요?"

"자신이 두려워하는 이유를 글로 적어 보는 거야. 잘 쓰려고 할 필요 없어. 메모 정도면 돼. 두려워하는 일이 실제로 벌어질 확률을 객관적으로 생각해 보기 위한 것이니까."

"그야 모르는 거잖아요."

"불확실하니까 두려운 건 맞아. 하지만 불확실하다는 이유로 두려움을 너무 키우면 안 돼."

효묵은 단호하게 말했다.

"이번 기획에서 실패해도 우리가 사태를 수습할 수도 있고, 그러기 전에 너희가 더 보완할 시간도 있어. 결과를 너무 좋게 만들려고 하니 반대로 현재가 초라하게 느껴지고, 자신 없어지는 거야. 자신 없으니 성공보다 실패할 때의 상상이 머리를 더 채우지. 그런 상상이 머리를 떠나지 않으니 마치 쉽게 현실이 될 것처럼 느끼는 것뿐이야."

효묵은 강조하고 싶을 때의 습관대로 큰 소리가 나게 손가락을 튕기고 나서 말했다.

"어떤 상황 자체가 아니라 그 상황에 관한 생각이 두려움의 원

흉이야. 그러니 생각을 바꾸면 두려울 일도 없어."

"선생님, 혹시 두려움을 없애는 다른 방법은 없나요?"

효묵은 영승에게 '사전부검premortem' 기법을 소개했다. 인지심리학자인 게리 클라인Gary Klein이 고안하고 심리학자로 노벨 경제학상을 받은 대니얼 카너먼Daniel Kahneman과 리처드 H. 탈러Richard H. Thaler에 의해 알려진 기법이라고 말했다. 영승은 학자 이름을 듣기 전 기법 이름을 듣자마자 기겁했다.

"부검? 설마 시체를 해부하는 것 말인가요?"

효묵은 미소를 지으며 고개를 끄덕였다. 영승은 그게 더 무서웠다.

"부검은 네 말 대로 사후에 문제의 원인이 어디에 있는지를 찾는 것이지? 탈러는 이렇게 문제 발생 이후에 원인을 찾는 '사후부검'이라고 했어. 사전부검은 문제가 생기기 전에 먼저 예상해서 하는 거야. 자, 사전부검과 사후부검 둘 중에 어떤 기법이 더 효과적일까?"

"사전부검이요."

영승이 대답했다.

"왜지?"

"그야 사전부검이니까 물어보셨겠지요."

"눈치로 맞힌 답 말고 추리해서 얻은 답을 말해 줘."

영승은 머뭇거렸다.

"틀린 답을 말해도 처벌이 있는 게 아닌데 또 두려워서 대답을 못 하나? 내가 그렇게 무서운 사람이었나?"

"무섭기는 하죠."

영승이 장난기 있게 대답하자 효묵이 웃었다. 영승은 생각을 정리해서 말했다.

"사후부검은 문제가 생긴 다음에 하지만, 사전부검은 문제가 생기기 전에 위험 상황을 파악하고 대책을 세워 예방할 수 있으니까 더 좋아요."

"맞아. 그러면 어떤 일이 생길까 봐 두려워서 먼저 걱정하는 것과 뭐가 다르지?"

"그야, 두려움은 가만히 두려워만 하는 것이고, 사전부검은 대책을 세우는 것이고."

"정말? 아까 너도 실패가 두렵다면서 대책 세우다가 포기하려고 했던 거 아니었어?"

영승은 당황했다. 효묵이 입을 열었다.

"사전부검은 가능한 실패를 먼저 따져 보는 거야. 성공 가능성은 하나도 따져 보지 않는다는 것에 주의하시기를."

"어? 그러면 완전 두려움에 먹힌 게 아니에요?"

"아니야. 사후부검을 하면 문제점이 있어도 그런 문제가 일어난 불가피한 이유가 있었으며 당연했다고 말하게 될 확률이 높아. 실패했지만 나름 그런 일이 벌어진 당연한 이유가 있으니까 바꿀 수도 없지."

효묵의 말을 들으며 영승의 눈이 좌우로 빨리 움직였다.

"예를 들어 무기력한 것이 문제인 줄은 알지만, 상담을 통해 무기력할 수밖에 없는 이유를 알아내도 그렇게 된 게 당연하다고 생각해서 무기력한 습관만 더 강해질 위험이 있겠지?"

효묵은 처음에 버스 타고 집에 가겠다며 상담 자체를 격렬하게 거부했던 은평을 떠올렸다. 그래서 은평의 이름은 빼고 한별이 게임으로 마음의 문을 열어 결국 무기력에서 탈출한 한 십 대의 사례로 신나게 말해 주었다. 은평의 사정을 모르는 영승은 대체 무슨 말을 하는지 잘 이해가 안 되었다. 영승의 반응을 보고 효묵은 예시를 바꿨다.

"이번 디제잉 파티가 홍보가 안 돼 실패하면 어쩌나 하면서 걱정한다고 했지? 걱정되니 좀 더 나아지는 방법을 찾아 조각조각 아이디어를 기우는 식으로 하는 기획은 사전부검이 아니야. 아예 디제잉 파티가 인원을 많이 모으지 못해 망했다고 미리 생각하고, 인원이 많지 않아도 즐길 방법을 찾는 거야."

영승에게 느낌이 왔다.

"아하. 홍보가 안 되어 많은 인원이 모이지 않을 것을 걱정해서 사람을 모을 방법을 기획하는 게 아니군요? 아예, 우리가 걱정했던 것처럼 홍보를 많이 해도 원하는 인원이 안 왔다고 생각하고, 그래도 찾아온 사람들이 즐길 수 있는 방법을 찾는 거군요."

영승이 큰 소리로 말했다.

"맞아. 그런데 지금 방법으로 홍보를 해도 사람을 모으지 못한다고 생각하고, 다른 홍보 방법을 생각해 보는 것도 방법이야. 여러 가지 방법 중에 실패를 가장 줄일 방법을 선택하는 거지."

"이제 좀 감이 와요. 홍보로 참가자 수를 늘리는 것보다 우리 같은 애들이 즐길 프로그램 개발에 더 집중해야 한다고 생각해요. 그래야 실패하더라도 적어도 우리는 즐길 수 있는 거니까."

"어 좋아. 그런 식으로 생각하는 거야."

"와아, 너무 신기한데요?"

영승이 환하게 웃으며 말했다.

"아까 말한 탈러는 '왜 그 일이 실패할 수 있는가'라고 물었을 때보다 '그 일을 어떻게 실패했는가'라고 물었을 때 사람들이 그 실패를 모면할 더 창의적인 해결책을 찾는다고 주장했어."

"정말 그런 거 같아요."

"어때? 두려움에 떨며 대책을 세우는 것과 완전 다르지?"

"두려움을 정면 돌파하는 것 같아 멋져요."

"맞아. 두려울 때는 실패했다는 것을 기정사실로 해서 원인을 찾는 게 멋진 반전을 만드는 방법이야."

영승뿐만 아니라 효묵까지도 표정이 밝아졌다.

집에 돌아온 영승은 효묵이 적어 준 정보를 바탕으로 재빨리 인터넷을 검색했다. 모디파이 워치스Modify Watches라는 청년창업 회사의 사례를 다룬 기사가 나왔다.

CEO인 애런 슈바르츠Aaron Schwartz는 창업 후 성공 가도를 달려 언론에도 나오고, 투자도 많이 받았는데 사업 경험이 많지 않아 앞으로 어떻게 해야 할지 두려워 어쩔 줄 모르다가 사전부검을 하게 되었다고 기사에 쓰여 있었다. 그때 슈바르츠가 한 질문은 이랬다.

"9개월 후 우리가 망했을 때, 지금 내가 ~했으면 버텼을 텐데."

슈바르츠는 회사 직원과 경영진, 자문단에게 빈칸에 해당하는 답을 찾는 질문을 던졌다. 그 결과 생각하지도 못한 세 가지 사항을 발견했다. 슈바르츠는 그것을 자신과 회사의 생존을 위한 핵심 도전 과제로 삼았다.

"선생님이, 두려움이 생존에 대한 고민 탓에 나온 것이니 생존을 위한 도전과 연결된다는 논리라고 했던 이유가 이거였군."

영승은 기사를 닫으며 중얼거렸다. 자리에 누워 영승은 여러 아이디어를 떠올렸다. 걱정으로 불안해서 이것저것 마구 생각하는 게 아니었다. 그렇게 해도 망할 것으로 생각하니, 이왕 하는 것 경험과 교훈이라도 확실히 건질 수 있는 더 좋은 아이디어가 나왔다.

생각의 징검다리

두려움을 이기는 방법 ?!!

인지심리학자들이 강조하는 사전부검 방법 말고 아주 간단한 방법으로도 두려움을 줄일 수 있습니다.

두려움은 알 수 없는 것에 대해 자신이 할 수 없는 것을 생각할 때 더 커집니다. 그러니 자신이 아는 것을 더 생각하고, 자신이 할 수 있는 것을 실행하는 것이 가장 좋습니다.

'내가 잘할 수 있을까?'라는 두려움을 수행 불안(performance anxiety)이라고 합니다. 너무 잘해야겠다는 마음이 있으면 수행 불안이 커집니다.

예를 들어 '이번 시험에서 꼭 1등을 해야겠다'는 마음을 가지면 어떨까요? 긴장이 몰입을 방해할 것입니다. 의미치료(logotherapy)를 만든 정신의학자 빅터 프랭클(Viktor Frankl)은 사람이 잘하려고 할수록 목표에 지나치게 집중하게 되고, 정작 일에는 몰입하지 못해 나쁜 성과를 내게 되는 현상을 과잉반사(hyper-reflection)라고 말했습니다.

영승이 처음 기획 일을 잘하고 싶지 않다고 했을 때 효묵이 더 잘 되었다고 했던 것도 과도한 수행 불안과 과잉반사가 일어날 가능성이 그만큼 낮았기 때문입니다.

목표를 너무 높게 잡거나 목표에 너무 집중하지 말아요. '지금보다 좀 더 좋기만 하면 돼', '일단 해 보자. 어차피 안 했던 거라 잘하지 못하는 건 당연하니까'라는 마음을 더 가지려고 노력해야 합니다.

뭐든지 잘해야겠다는 마음이 있는 사람은 그만큼 두려움도 더 클 수밖에 없답니다. 인간은 뭐든지 다 잘할 수 있는 것은 아닙니다. 연예인, 운동선수 등도 다방면으로 잘하는 모습을 보일 수는 있지만 뭐든지 다 잘하지는 않습니다.

자신이 좋아하고, 조금이라도 알고 있는 것에 대해서만 잘하려고 해 보세요. 두려움은 자신이 좋아하지 않아서 잘 노력하지 않을 것 같은 분야나 잘 알지 못하는 대상이 있을 때 생기니까요. 그리고 너무 부담되는 수준으로 잘하려 하지 말고 일단 지금보다 조금 더 나은 수준으로 잘해 보자고 자신에게 말해 보세요.

생존에 필요한 감정인 두려움을 아예 없앨 수는 없습니다. 두려움을 부정적으로 보면 두려움을 느끼게 하는 모든 것을 회피하고 싶어져서 새로운 도전을 통한 성장의 기회도 없어집니다. 앞에 제시한 방법으로 적당히 긴장하며 과제에 몰입할 수 있을 정도의 두려움만 가지는 게 가장 좋습니다.

두려움은 호흡법으로도 줄일 수 있습니다. 신경과학에 바탕을 두고 의사소통을 연구하는 데이비드 킹 켈러(David King Keller) 박사가 21,000명을 대상으로 한 연구에 따르면 두려움 등 스트레스에서 벗어나는 가장 빠른 방법은 '심호흡'입니다. 운동 중 가장 많이 하는 것이 "숨쉬기 운동"이라고 농담하지만, 올바르게 숨 쉬는 것은 생각보다 어렵습니다.

우리는 평소에 뇌에서 일부러 지시하지 않아도 자율적으로 호흡을 합니다. 그래서 자신의 호흡을 느끼기가 어렵지요. 다음과 같이 손 모양을 만들어 호흡하면 확실히 자신의 들숨과 날숨을 느낄 수 있습니다.

두 손 가운데를 살짝 틈이 나 있는 계곡 모양으로 만든다는 생각으로 위치를 잡아 주세요. 재채기가 나올 때 두 손으로 급하게 막는 것과 비슷한데, 가운데 바람이 들고 날 공간이 살짝 있다는 것만 다르답니다.

자, 주변을 조용하게 하시고 코로 숨을 들이쉬어 보세요. 숨이 들어올 때 소리와 감촉을 손과 얼굴, 귀 등으로 느낄 수 있을 것입니다. 그다음 숨을 내쉬어 보세요. 역시 몸에서 나오는 따뜻한 기운과 함께 숨이 나가는 소리와 감촉을 느낄 수 있을 것입니다. 보통 사람은 평소 들숨과 날숨에 2.5초씩 걸립니다. 이번에는 숨을 좀 더 느리게 쉬어 보세요. 그러면 부교감 신경이 깨어나 좀 더 편안한 상태가 됩니다. 두 손으로 만든 구멍의 크기도 바꿔가면서 편안하게 해 보세요. 아무것도 하지 않을 때 계속 꼬리를 물며 생겨났던 두려움과 잡념이 없어질 거예요.

여기에서 더 나아가 복식 호흡을 하면 더 좋습니다. 꼭 가부좌할 필요는 없습니다. 다만 허리를 꼿꼿이 세울 수 있는 자세여야만 균형을 잃지 않고 호흡하기 쉬워 가부좌하는 것입니다. 다리를 펴고서도 허리를 세울 수 있다면 그렇게 하셔도 됩니다. 앞에서 두 손을 얼굴로 가져가서 호흡을 느꼈다면 이제는 두 손을 복부에 놓으시면 됩니다.

자기 복부를 소중히 안듯이 두 손을 위치 시켜 주세요. 배가 풍선이 된 것처럼 생각하며 껴안아 보세요. 그 상태에서 천천히 숨을 들이쉬어 보세요. 풍선에 공기를 채우는 것처럼. 여기에 핵심이 있습니다. 1초에서 2초 사이 잠시 숨을 참으셔야 합니다. 호흡이 얼마나 중요한지를 느낄 수도 있고, 활성 산소를 줄일 습관을 들이기 위해서랍니다.

그리고 숨을 내쉬세요. 이때는 공기를 들이마실 때보다 더 길게 내쉬려 노력해야 합니다. 부교감신경을 더 활성화해야 하니까요. 그렇게 숨을 다 쉬어 더 나올 것이 없는 것 같은 순간에 또 1초에서 2초간 숨을 참아 보세요. 그다음 숨을 들이마시면 공기가 시원하게 느껴지면서 고맙게 여겨질 것입니다. 이런 식으로 최소 여섯 번 이상 반복해 보세요.

차분하고 느린 호흡을 하면 스트레스 호르몬인 코르티솔(cortisol)이 줄어들고, 곤두섰던 신경이 가라앉고, 두려움에 휩싸였던 마음이 편해집니다.

추천 도서

《두려움의 열 가지 얼굴: 내 안의 불안 심리 인정하고 내려놓기》, 한스 모르쉬츠키·지그리트 자토어 지음, 김현정 옮김, 애플북스, 2014.

부모님이
상처 주는 말을
자주 해요

7.

기획에 매진하는 사이 몇 주가 지나 여름 방학이 시작되었다. 영승과 예나, 윤수, 유진 등 청소년 기획위원들은 디제잉 파티를 위해 자신들이 아는 중고등 학생들을 모았다.

예나와 영승은 각각 고등학생과 중학생 팀장으로 서로 활발하게 의견을 교류했다. 기획이 진행될수록 예나와 영승은 서로 마음이 잘 통한다는 사실을 깨닫게 되었다.

예나는 영승과 센터와 관련된 거의 모든 생각과 감정을 나눴지만 영승에게 숨기는 게 있었다. 이번 기획으로 민주를 도울 방법도 찾고 있다는 사실.

예나는 도시재생센터에서 운영하는 재활용센터의 물품을 활용하기로 했다. 유진은 민주에게 함께 재미난 의상을 만들어 코스튬 플레이를 하면 봉사 시간도 채우고 재미도 있겠다고 꼬였다. 바느질을 좋아한다는 핑계로 바늘을 갖고 다니던 민주는 봉사 활동 전문가인 유진의 제안을 뿌리칠 핑계를 찾지 못했다. 그리고 나름대로 재미도 있을 것 같았다.

고등학생 기획팀장인 예나는 민주에게 코스튬플레이 팀장을 맡겼다. 또래 파티 참가자의 의상 수정 요구에 맞추기 위해 민주는 정신없이 일했다.

예나와 유진은 민주를 돕겠다며 넉살 좋게 민주 집으로 가서 잠도 함께 자고 민주와 다른 팀원들을 자기 집으로 초대하기도 했다. 유진은 민주 집 분위기를 보고, 민주가 자기처럼 부모님에게 주눅들어 있음을 쉽게 눈치챘다. 상황이 더 심각해 보였다. 유진은 예나와 한별에게 민주에 대해서 귀띔해 줬다. 한별은 유진과 예나에게 민주와 더 가깝게 지내며 센터에 자주 데려와 달라고 부탁했다.

여름 방학인데도 민주는 혼자 있는 시간이 확 줄었다. 아는 사람도 많아지고, 하는 일도 많아지고, 이야기를 나누는 시간도 많아졌다. 그게 피곤했다. 하지만 어디까지나 몸이 피곤한 것이었다.

일하면서 많은 사람의 칭찬과 관심을 받으니 민주의 마음은 좋아졌다. 하지만 집에 가족과 함께 있으면 확 우울해졌다. 그럴 때면 다시 자해했다. 열심히 뭔가를 해도 문제가 해결되지 않는다는 사실에 분노하며.

앤의 오두막 출입에 익숙해지면서, 민주는 한별과 자연스럽게 인사하게 되었다. 한별은 어느 날 상담실에 새로 비치하는 심리 검사지에 오자가 없는지 검토하는 일을 민주에게 부탁했다.

민주가 상담실로 들어오자 한별은 조심스럽게 문을 닫았다. 민주는 일을 시작하기 전에 그동안 궁금했던 것을 한별에게 물었다.

"그런데 왜 여기 이름이 앤의 오두막이에요? 효묵 아저씨가 지었다는 소문도 있던데."

"맞아. 나를 위해서 아저씨가 지었어."

"왜요?"

"빨간 머리 앤 이야기를 보면 성향이 다른 친구들이 앤이 만든 오두막에 와서 저마다 상상력을 발휘해서 재미있게 놀잖아. 비밀 이야기도 나누고 말이야. 나도 그런 비밀 장소를 만들고 싶었어."

한별은 자신이 상담하게 된 계기와 방문하는 사람의 부담감을 줄이기 위해 카페 형태로 상담센터를 만든 과정을 이야기했다. 이야기를 들으며 민주의 시선이 책상에 놓인 심리검사 안내판에 머물렀다. 자기 기질 검사, 강점 검사 등 개인 검사 말고 여러 명이 함께 와서 서로의 관계 친밀도를 검사하는 것도 있었다.

"여기 와서 이런 검사를 하는 연인, 부부, 부모와 자녀라면 사실 검사할 필요가 없는 거 아니에요?"

"왜?"

"이미 친하니까 함께 다니고, 또 검사하자고 해도 거리낌 없이 할 수 있는 거잖아요. 차라리 관계에 문제가 있는 사람 어느 한 명이 와서 하는 검사를 해야 더 잘 팔리는 것 아니에요?"

"아, 더 많이 검사해서 부자가 되려면 그래야겠구나. 한번 해 볼게. 잘되면 카페 평생 무료 이용권 줄게."

한별의 말에 민주는 기쁜 척 소리 내서 웃었다.

"그런데 걱정이 있어."

"뭐가요?"

"관계는 나 자신만 있는 게 아니라 상대방의 입장도 있는데 어느 한쪽만 심리를 알아보고, 그 사람만 노력한다고 잘 될까? 결과가 안 좋으면 그런 검사가 잘 안 팔리지 않을까? 그것보다는 힘들어도 둘이나 셋이 함께 와서 검사하고 문제를 분석하고 필요하다면 상담하고 더 나아진 사례가 있는 검사가 더 잘 팔리지 않을까?"

민주는 고개를 끄덕이며 대답했다.

"그, 그럴 수도 있겠네요."

"자신만만하게 이 검사를 한 분들은 문제가 없을 것 같지? 아니야. 네 말 대로 문제가 없는 사람보다 문제가 있는 사람이 더 많으니까. 이 검사를 통해 자신들의 문제를 발견하고 놀라기는 해. 그리고 더 정신 차리고 잘하자는 마음을 갖게 되지. 일종의 반전 효과인 거지."

"정말 그래요? 사람들 다 문제가 있어요?"

"그럼."

"유진이도요? 예나도요?"

"뭐, 나름 다 인간관계 문제가 있겠지."

한별은 사실 예나는 남자 친구 문제로, 유진은 가족 문제로 상담했다는 말을 해 줄 수 없었다.

"예나는 몇 달 전 좀 우울해 보였던 적도 있어서 모르겠지만, 유진이는 항상 씩씩하게 똑같은 모습이라 그럴 것 같지 않아요."

"겉모습만 보고는 모르는 거야. 안 그러니 민주야?"

민주는 고개를 숙였다. 민주는 유진의 고민을 알지 못했다. 그래서 자신이 그 누구보다 힘든 사람이라고 생각했다.

유진의 부모님은 유진에게 "네가 우리만큼만 하면 걱정이 없겠다."라면서 기를 죽였다. 유진은 부모님처럼 살고 싶은 생각도 없지만, 그렇게 되기 힘들다는 것도 잘 알고 있었다. 그래서 더 부모님을 대하는 게 싫어졌다.

부모님은 공부가 뒤처지니 봉사를 확실히 해서 대학을 가라고 여러 기관을 추천하기도 했다. 다른 애들에게 말하면 그렇게 알아봐 주는 부모님 덕에 더 편한 것을 감사해하라고 해서 그저 입을 닫게 되었다. 봉사 시간을 채우면 부모님 간섭이 덜해지기에 참았다. 그런데 정작 자신이 대학 이후 뭘 하며 살지에 대한 고민은 해결되지 않았다. 그래서 유진이 그런 고민 상담을 했음을 민주는 알 수 없었다. 예나와 유진이 자신을 걱정해서 한별을 만나게 했음도.

민주가 조심스럽게 한별에게 물었다.

"그럼, 여기서 봉사하는 애들이 각자 상담을 받는 조건으로 봉사하는 게 진짜예요?"

"어디서 그런 말을 들었어?"

"코스튬플레이 의상을 고쳐 주는데, 상담도 하고 재미난 파티도 해서 좋다며 한 애가 말해서 알게 되었어요."

한별이 머뭇거리다 말했다.

"맞아. 봉사자들은 그런 애가 대부분이야. 아차, 비밀인데 내가 말해 버렸네."

한별은 혀를 쏙 내밀었다 넣었다.

"네? 그럼 예나도요? 유진이도요?"

"응. 아차, 이것도 비밀인데 말해 버렸네. 에잇, 오늘은 비밀 대방출 날이군. 뭐 멀리 갈 것도 없이 상담하는 나도 남자 친구와 문제가 있는걸."

"네? 어떤 문제요."

"좋아. 내가 내 비밀을 이야기할게. 너도 네 비밀을 이야기할래?"

한별의 제안에 민주는 얼어붙었다.

한별은 더운 여름인데도 일부러 따뜻한 차를 만들었다. 테이블에 앉아 민주와 나누어 마시며 자기의 비밀을 이야기했다.

"좋은 관계의 요소에는 친밀감이 있어. 하지만 서로 독립적인 자유 공간도 인정하는 마음도 있어야 하지. 그런데 내 남자 친구는 나에게 독립적인 자유 공간을 너무 많이 인정해 달라고 해. 친밀감을 느낄 기회가 너무 없어."

한별은 자기감정에 푹 빠져 말했다.

"자기가 하고 싶은 대로 사진을 찍으러 며칠씩 외부로 나가고. 작업에 몰두한다면서 연락도 잘 안 해. 연애 초기에는 차분하게 옆에서 책도 읽어 주고, 사진 작업에 영감을 받기 위해 읽은 책도 녹음해서 전해 주었고, 내게 사진 찍는 법도 가르쳐 주고 그랬거든. 자기 세계를 온전히 내게 채워 넣으려 했지."

"그래도 좋은 시절이 있었던 거잖아요. 지금도 상처 주는 말을 하고 그렇지는 않죠?"

"어떤 말?"

잠시 머뭇거리던 민주가 말했다.

"너만 없었으면 더 자유로웠다. 네가 더 잘했으면 지금 나는 이럴 것이다."

심각한 말인데도 한별은 오히려 반가운 기색이 느껴지는 목소리로 대답했다.

"그런 말은 남자 친구가 아니라 부모님에게 더 많이 들었지."

"네?"

"내가 눈이 안 보이니까 나를 신경 쓰느라 두 분이 스트레스를 많이 받았을 거야. 그래서인지 서로 많이 싸우기도 하고, 지치기도 했거든. 그러면 나에게 화풀이를 했지."

민주는 한별의 말을 들으며 줄곧 부모님에게 들어온 말들이 떠올랐다. 무너지는 가슴을 억지로 부여잡고 조심스럽게 물었다.

"그래서 어떻게 하셨어요?"

"계속 그렇게 당하며 살면 안 되겠더라고. 그런데 가출도 못 하겠어. 시각 장애가 있는 청소년이 길거리로 나갔을 때 벌어질 일들이 떠오르니까 이러지도 못하고 저러지도 못하고 막 미쳐 버릴 것 같았어."

민주는 눈꺼풀이 뜨뜻해지는 게 느껴졌다. 그 마음이 뭔지 잘 알고 있으니까.

"수면제를 먹고 다시는 일어나지 않고 싶었지만, 약을 구하려고 해도 부모님이나 다른 사람의 도움이 필요했지. 그래서 자해를 해서 잠시라도 부모님이 주는 상처를 머릿속에서 몰아내고 싶었어."

한별은 보이지 않는 부위에 그때 상처가 있다고 말했다. 민주의 두 눈에서는 공감의 눈물이 흘렀다.

"그렇게 다른 사람이 주는 상처를 잊으려 나 자신에게 상처를 준다고 해서 다른 사람이 주는 상처가 줄어들지는 않았어. 지긋지긋했어. 계속 그렇게 살고 싶지 않았고, 그렇게 죽고 싶지도 않았어. 그래서 돌파구를 찾으려 상담 심리학을 공부했지."

"아."

민주는 탄성을 질렀다.

"심리학책이 점자로 된 것이 많지 않아서 어린 남동생이 뜻도 모르고 나에게 읽어 줬어. 사실 나도 그 뜻을 잘 몰랐지만, 뭔가 돌파구가 있다는 이야기만으로도 희망이 보였어. 그리고 그 희망은 현실이 되었지. 지금은 부모님하고 모두 다 잘 지내."

민주의 양 볼을 타고 눈물이 뚝뚝 떨어졌다. 한별이 지금 자신에게 하는 희망이라는 말이 뭔지 진정 알지는 못해도 희망을 느끼기 시작했기 때문이었다. 민주의 숨소리가 달라진 것을 안 한별은 민주의 얼굴을 조심스럽게 만졌다. 그리고 민주의 눈물을 닦아 주며 말했다.

"자, 내 이야기는 그만하고 이제 너도 네 이야기를 들려줄래?"

민주는 눈물을 한참 쏟아낸 다음에야 이야기를 시작했다.

"저는 부모님이 원하는 것처럼 공부도 잘하고 당당하고 싶어요. 하지만 열심히 해도 경쟁에서 뒤처지니 자신감이 없어요. 그런데 걱정하실까 봐 괜찮은 척하면 철없다고 화내요. 그래서 풀 죽어 있으면 생기 없다고 답답해하시고요. 부모님은 각자 상대방이 잘못해서 제가 이렇게 되었다고 서로를 탓해요. 이제 고3이 다가오니까 그 정도가 더 심해졌어요."

여기까지는 유진과 비슷한 사연이었다. 남들과 비슷하다고 해서 덜 고통스러운 것은 아님을 잘 아는 한별은 민주의 고통에 공감해 줬다.

"그렇구나. 많이 힘들겠구나."

"저랑 상관없는 문제에 대해서도 저를 아프게 해요. 가령 부모님의 양쪽 집안일로 문제가 생겨 부부 싸움을 하면 저에게 달려와 이야기를 하고 객관적으로 너는 어떻게 생각하느냐고 물어봐요."

"객관적으로?"

"네! 제가 어떻게 객관적으로 생각해요? 저도 가족인데. 그래도 재판관처럼 애써 생각을 말하면 저보고 감정적으로 그냥 누구 편을 든다느니 아직 생각이 부족해서 그렇다느니 하면서 꼭 상처 주는 말을 해요. 지지를 받은 쪽에서도 저를 보호해 주는 게 아니라, 자기의 주장을 신나게 말하는 것에 더 신경 쓸 뿐이에요."

한별은 민주의 손을 잡았다. 민주는 한숨을 짓고 나서 이야기를 계속했다.

"어떤 때는 저를 무시하고 격렬하게 싸우기도 해요. 이렇게 싸울 거면 차라리 이혼하라는 말을 하고 싶어요. 그런데 저는 두 분 중 어느 한쪽과 함께 살고 싶지 않아요."

"나도 그랬을 거야."

"조부모님과 사는 주변 애들을 보면 너무 세대 차이가 나서 답답하대요. 부모님하고 세대 차이 나는 것보다 훨씬 심하대요. 이러지도 저러지도 못하겠구나 싶으면 저는 휙 화장실로 들어가요. 그리고 서랍장 한편에 숨겨 놓은 바늘을 꺼내요."

한별은 눈물을 애써 참으며 말했다.

"얼마나 힘들었으면 그렇게까지 했을까."

민주의 울음소리가 더 커졌다. 잠시 그대로 울게 놔둔 다음 한별은 심호흡하고 나서 말했다.

"그런데 잠깐만, 저기를 봐 줄래?"

민주는 한별이 손으로 가리킨 쪽을 봤다.

"저기에 놓인 소품들은 두 분이 모임으로 어디를 여행하든 나를 생각하며 사다 주신 것들이야. 물론 나는 눈이 아닌 손으로 보는 물건이지만."

민주는 한별과 소품들을 번갈아 쳐다봤다.

"두 분은 나에게 상처를 주던 시기에도 나를 사랑하는 마음이 있었어. 아예 사랑하는 마음이 없었다면 무관심했겠지. 그 사랑을 표현하는 방법을 몰라서 제대로 전달하지 못하는 자신에 대한 분노를 나에게 쏟았던 거지. 그 방법을 동생과 책으로 읽고 나서 부모님에게 진지하게 이야기하고 계속 연습했어. 조금씩 나아졌고, 결국 행복해졌지. 너에게 그 방법을 이야기해 줄까?"

한별은 비폭력 대화법을 소개했다. 비폭력 대화법을 들은 민주는 한숨을 지었다.

"쉽지 않아요."

"그러니까 연습해야 해. 너희 부모님도 오셔서 연습하면 나아지실 거야."

"여기 올 사람들이었으면 그러지도 않겠지요."

한별은 강하게 고개를 저으며 말했다.

"아니야. 나도 그랬어. 말로 하면 부모님이 화를 내며 자기변명을 하기 쉬워. 하지만 네 심정을 글로 차분하게 적어서 얼마나 고통스러운지를 이야기하면 여러 번 그 글을 읽고 생각을 정리하게 돼."

“정말 그런다고 될까요?”

“부모님이 무엇 무엇을 잘못했다고 2인칭으로 이야기하지 말고, 네가 얼마나 고통스러운지를 1인칭으로만 쓰면 돼. 그러면 자신이 비난받는다는 생각보다 네가 무엇을 원하는지가 더 명확하게 보이거든.”

“어떻게요?”

“자, 봐봐. ‘엄마는 화만 내서 이야기 나누기가 힘들어.’ 이 말을 ‘우리는 차분하게 이야기를 나누는 게 좋겠어.’라고 하는 게 더 좋겠지?”

“맞아요. 하지만 왜 상처받은 제가 그런 노력을 해야 해요? 상처 준 사람이 더 노력해야지.”

“아니야. 네 상처가 깊으니 더 아프지 않기 위해 네가 먼저 해야 해. 내가 상처받았다는 사실을 상처 준 사람이 이해하면 더 이상 상처를 주지 않기 위해 더 노력하게 될 거야. 네가 하는 노력보다 훨씬 더. 물론 너도 모르게 그 상처 주는 방식에 익숙해진 면이 있다면 다른 관계에서 폭력적인 말이 나가지 않도록 노력해야겠지?”

한별은 잠시 자신이 겪은 일을 떠올린 다음 다시 이야기를 이어 나갔다.

“지금의 너를 위해서나 나중에 다른 관계를 위해서라도 노력은 해야 해. 행복해지고 싶다면서 노력하기 싫다고 하면 고통은 사라지지 않아. 고등학교 때 내가 용기 냈던 것처럼 너도 용기를 내 주지 않을래?"

민주는 잠시 생각에 빠졌다. 과거와 현재, 미래의 여러 모습이 휙휙 떠올랐다가 사라졌다. 나이 들어서도 자해하거나 부모님처럼 자기 자식이나 주변 사람에게 상처 주는 모습은 최악이다. 남이 주는 상처와 자신이 주는 상처 모두에서 빨리 벗어나고 싶었다.

"도전할게요."

"좋아. 일단 네가 편지를 전달하는 게 중요해. 그 편지 작성을 내가 도와줄 수 있어. 그 옛날 내 동생이 나를 도와줬던 것처럼, 눈앞에서 전달하고 읽으라고 하기보다는 네가 없을 때 차분하게 읽을 수 있도록 엄마와 아빠의 가방 같은 곳에 넣어 놓고 문자로 위치를 알려 주는 게 좋아. 그리고 다 같이 이야기할 시간도 여유 있게 정해 놔. 두 분이 먼저 이야기를 나눌 시간도 필요하니까."

"그러다 싸우면요?"

"아니, 그때는 서로 적이 아니라, 너 하나에 집중할 테니 한 팀이 될 확률이 더 높아. 지금은 가족이 서로 싸워서 하나가 되는 게 불가능해 보일 수 있어. 하지만 가족 문제는 가족이 참여해야만 해결할 수 있어. 더 편해 보이는 다른 방법은 결국 문제가 생길 수 있어."

"알았어요."

한별은 더듬더듬 손을 움직여 비폭력 대화 관련 책들을 가방에 담아 주었다.

"내가 이야기하지 않은 것들은 이 책들에 있어. 이 책을 보면 다른 사람이 실제로 주는 상처도 있지만, 자기가 으레 그럴 것이라고 오해해서 상처를 만드는 것에서 벗어나는 길도 알 수 있을 거야. 일주일 이내로 다 읽고 반납해야 해. 나에게는 그 옛날 힘을 주었던 소중한 책이니까."

민주는 고개를 끄덕였다. 한별이 그랬던 것처럼 자신에게도 전환점이 생기기를 기대하며 집에 들어오자마자 책을 읽었다.

민주에게 책을 주고 나서 한별은 예전의 경험을 떠올렸다. 민주에게 가족끼리 안 좋았던 시기가 어느 정도였는지는 말하지 않았다. 사실 민주 가족처럼 길지는 않았다. 특수학교가 아닌 일반 고등학교를 선택하고 몇몇 학교에서 거절을 당하면서 가족이 갈등하기는 했다. 자해도 지금까지 흉터가 깊게 남을 만큼 한 건 아니었다. 그것 역시 민주와 거리감을 만들까 봐 말하지 않았다. 그래도 고통은 주관적이기 때문에 누가 누구보다 더 고통스럽다고 말할 수 없음을 한별은 알고 있었다.

한별 역시 그때를 떠올리면 다시 돌아가고 싶지 않았다. 싫었던 것만큼 다시는 그런 일이 벌어지지 않게 하려고 더 노력했다는 것은 사실이다. 남자 친구인 효묵과의 문제도 사실이었다.

상담이 끝났는데도 한별이 상담실에서 나오지 않자 효묵이 찾아왔다. 효묵은 걱정스러운 눈빛으로 한별을 살폈다.

"왜 그래?"

"그냥."

"그냥이라니. 상담실에서 듣는 그냥은 그냥이 아니라며? 그냥 안에 복잡한 문제가 있으니 파고들라고 했던 사람이 누구였지?"

효묵이 무거운 분위기를 바꾸려 말하자 한별은 피식 웃었다.

"이번에는 진짜 그냥이야."

효묵은 고개를 끄덕였다. 한별의 말을 믿어서가 아니었다. 아무리 가까운 사이어도 진짜로 말하고 싶지 않은 사람에게 더 답을 강요하고 싶지 않아서였다.

효묵이 말없이 자리에서 일어나자 한별도 효묵의 배려심을 읽었다. 한별은 '관계를 맺은 사람은 관계에서 칼처럼 아픔을 주는 상대편이기도 하면서, 다른 문제가 생겼을 때 방패 같은 힘이 돼 주는 내 편이기도 하다'는 글이 떠올랐다. 자기도 최근 센터 일로 힘들어하는 효묵에게 힘이 돼 줘야겠다는 다짐도 했다.

효묵이 나간 상담실에 앉아 한별은 속으로 생각했다.

'관계 속에서 문제가 없기를 바라는 것은 비현실적이야. 그러니 누구나 가진 문제를 회피하지 않고 현명하게 문제를 해결하기 위해 힘을 내는 게 더 현실적이지.'

생각의 징검다리

상처를 덜 주고받는 방법 ?!!

사람에 대한 믿음은 경험에서 나옵니다. 인간은 생후 처음으로 자기를 키워 준 부모(혹은 부모와 같은 사람)로부터 처음 관계를 배웁니다. 만약 부모가 충분히 사랑을 베풀어 준다면 아기는 부모를 만나는 것이 반갑고 좋을 수밖에 없습니다. 그리고 다른 사람을 만날 때도 좋은 일이 생길 것이라는 기대를 하게 되지요.

그런데 만약 부모가 사랑을 충분히 베풀어 주는 것이 아니라, 경쟁에서 이겼을 때나 좋은 모습을 보였을 때만 자녀에게 사랑을 표현한다면 어떨까요? 심지어 자녀를 자기의 소유물로 보거나, 자기 삶의 장애물처럼 말한다면? 어린 자녀는 관계를 행복을 누릴 기회로 보기보다는 긴장을 주는 스트레스로 인식합니다.

현실에서의 모습을 한번 꼼꼼하게 살펴보세요. 실제로 부모를 만나는 것이 반갑고 좋은 것이 아니라, 연약한 자신에게 도전 과제를 주는 것 같아 부담될 수 있습니다. 그러한 부정적 경험은 다른 사람을 만나도 기대보다는 낯선 것에 대한 두려움을 더 크게 갖게 합니다. 마음의 벽을 세우게 하지요.

사람은 가족을 통해 조건 없이 사랑하고, 이해하는 법을 배워야 합니다. 그러나 '가족 심리학자'인 토니 험프리스(Tony Humphreys)의 연구에 따르면 실제 현대의 가정은 이와 거리가 멀다고 합니다. 가족 간에도 정서적 교류보다는 부모의 수입, 용돈, 소비 등 경제적 조건에 대한 대화의 비중이 더 높아지고 있습니다.

"네가 잘해 줘야 나도 잘해 준다"는 조건 중심의 관계 형성을 배우고, 이익을 위해 경쟁하며, 다른 가족의 성공을 시기하며, 소통되지 않는 답답함을 경험하는 경우가 더 많습니다. 이렇기 때문에 가족을 행복의 울타리라기보다는 목을 조여 오는 끈처럼 느낀다는 사람이 많습니다.

이런 상황을 해결하기 위해서 심리학에서는 '가족 치료'를 합니다. 가족 치료는 전문가에게 의뢰해야 하지만, 문제 해결에 도움이 되는 '비폭력 대화'는 개인적으로도 충분히 실행할 수 있습니다. 쓸데없는 말싸움에 휘말리지 않고, 상대방을 자극하지 않고 자기 의사를 전달하는 습관은 부모 자식의 관계가 아니더라도 세상의 모든 관계에 대해서 적용할 수 있습니다.

첫째, 주어 바꾸기입니다. 예를 들어 누군가가 여러분에게 물어본 내용이 좀 민감해서 그냥 대충 얼버무리고 넘어갔는데 그 사람이 "너는 무슨 일이 있으면 나에게 절대 자세한 이야기를 해 주지 않더라."라고 말했다고 해 봅시다. 상대방인 "너"를 주어로 쓰면 비난하는 느낌이 들지요? 그런데 그 친구가 "나는 더 자세한 이야기를 원해."라고 말했다면 어떠세요? 비난이 아니라, 정말 궁금해하는 마음이 느껴지지 않으세요?

상처 주는 사람에게 "당신은 독한 말을 참 잘해."라고 하면 싸움만 커지겠죠? 그러니까 주어를 바꿔서 "나는 네가 하는 말에 기분이 나쁠 때가 있어."라고 하면 욕구를 정확하고 평화롭게 전달할 수 있어요.

둘째, 심각한 상황일수록 말보다는 글로 표현하기입니다. 말로 전하면 중간에 부모님이 화를 내며 자기변명을 하기 쉬워요. 하지만 글로 쓰면 여러 번 그 글을 읽고 생각을 정리하게 돼요. 단, 상대방이 무엇 무엇을 잘못했다고 2인칭으로 이야기하지 말고, 자신이 얼마나 고통스러운지를 1인칭으로 써야 합니다.

셋째, 상대방을 포함해서 '우리'라는 표현 쓰기입니다. '우리'를 주어로 하면 상대방과 내가 마주 선 상태가 아니라 함께 뭘 느끼고 새롭게 뭘 하자는 청유형 문장으로 들리니까요. 예를 들어 상대방이 화를 막 내서 이야기하기가 힘들면, “우리 차분하게 이야기를 나누는 게 좋겠어.”라고 해 보세요. 어떤 행사에 가족이나 친구가 늦었다면 “너는 시간을 잘 안 지켜.”라고 해야 할까요? “우리가 정해진 시간 안에 잘 놀려면 네 도움이 필요해.”라고 말하는 게 더 좋지 않을까요?

넷째, 평가와 관찰 구별하기입니다. “너는 결코 내 말을 듣지 않아.”라는 말은 평가일까요, 관찰일까요? 평가입니다. “내가 말하고 있는데 넌 스마트폰을 하고 있었어.”라는 게 명확한 관찰입니다. 평가는 폭력적 표현으로 이어지기 쉽습니다. 관찰해야 합니다. “엄마는 나에게 상처 줘.”라는 말도 “엄마는 지금 내가 말하는데도 드라마를 보고 있어.”라고 관찰된 바를 이야기할 때 상대방의 변화를 끌어내기 쉽지 않을까요?

추천 도서

《비폭력 대화: 일상에서 쓰는 평화의 언어 삶의 언어》, 마셜 B. 로젠버그 지음, 캐서린 한 옮김, 한국NVC출판사, 2017.

친구들이 진심을 몰라줘서 배신감이 들어요

8.

9월 말. 더위가 한풀 꺾이고 가을 분위기가 나기 시작했다. 그런데 은평의 표정은 한여름 더위에 짜증 난 사람 같았다. 효묵이 한별에게 은평에 대해 말했다. 한별은 효묵보다 자기에게 더 많이 마음을 여는 은평을 위해 시간을 내기로 했다. 한별은 상담실보다는 더 가볍게 이야기를 나누려고 1층 카페에서 은평을 만났다.

"은평아, 이제 요즘 뭐가 가장 힘든지 나에게 말해 줄래?"

한별이 부드럽게 물었다.

"왜? 무슨 문제 있는 거야? 8월 말에 디제잉 파티하고 나서 요즘 봉사에도 잘 나오지 않고 그런다며? 2학기라 더 바빠져서 그래?"

은평은 망설이다가 말했다.

"친구를 사귀기가 힘들어요."

"윤수와 영승이 잘해 주지 않니?"

은평은 뭔가 말하려다가 말기를 반복하다 힘겹게 입을 열었다.

"잘해 주기는 하지만, 서운해요."

"뭐가?"

"저에게는 잘해 주는 건 맞지만, 자기들끼리 더 친한 것 같아요. 제가 불쌍해서 억지로 잘 대해 주는 느낌?"

은평은 말하다가 울컥해서 말을 멈췄다.

"정말 그렇게 생각하니?

"앤의 오두막 일을 함께하니까 그냥 친한 척하는 것도 같아요. 자원봉사할 일이 많으니 이용하려고 어장 관리당하는 느낌도 들고. 모두 가짜처럼 느껴져요. 저는 진심으로 대했는데, 그 애들은 가식 같아요."

"확실히 디제잉 파티 기획할 때처럼 계속 만나서 함께 일할 기회는 줄어들었지. 애들이 변한 게 아니라 상황이 변해서 그런 것은 아닐까?"

"생각해 보면 예전 초등학교 때부터 그랬어요. 1년 동안 친한 척 다하다가 반이 바뀌면 멀어지고. 자기들끼리 친하게 지내고 저는 또 따로 떨어지고. 그래서 그런 가식적인 애들이 가득한 학교에 가기가 싫어요. 더 이상 상처받기 싫어요."

"상처라……. 영승이와 윤수하고는 이야기해 봤니?"

"말하면 뭐 해요? 자기들이 그렇지 않다고 말하면 그만인데."

"정말 영승이와 윤수가 그렇게 가식적인 애들일까, 진지하게 생각해 봤니? 증거가 있어? 둘이 더 친해 보이는 것 말고, 너 없을 때 애들이 욕하는 것을 들었다든지."

"아니요. 그런 건 아니지만 느낌이 그래요. 저도 이렇게 지내고 싶지 않아요. 새롭게 시작하고 싶어요."

"어떻게? 방법을 생각해 봤어?"

"대안 학교는 더 나을까 싶어 찾아봤어요. 그런데 후기를 보면 애들이 모인 곳은 다 똑같을 거 같아요. 그냥 혼자 밥 먹기 싫어서, 혹시나 왕따당할까 봐 무서워서 적당히 애들 모아 친한 척하고 헤어지는 것."

"은평아, 잠깐만. 친구는 일대일 관계만 있을까? 여러 명이 함께 친할 수 있지 않니? 그리고 때로는 나랑 친하지만 나보다 자기들끼리 더 잘 맞는 예도 있을 수 있잖아. 아이돌 그룹을 봐도 모두 똑같이 고생하고, 다들 친하지만 특히 친한 애들이 따로 있잖아."

"머리로는 이해해요. 하지만 저보다 다른 애에게 더 친근하게 구니 배신감 같은 게 느껴져요."

"배신감이라…… 그러면 그 애는 네가 아닌 다른 사람에게 왜 더 친하게 구는 거 같니?"

"제가 매력이 없어서죠."

"정말? 네가 그렇게 매력도 없고 부족했다면 애초에 친구로 사귈 수 있었을까?"

은평은 머뭇거렸다.

"선생님은 저한테 용기를 주려고 일부러 긍정적으로 말씀하시는 거잖아요."

"아니야. 객관적인 사실을 바탕으로 이야기한 거야. 너도 말했잖니? 예전에도 친구들이 있었다고. 그런 것이 매력이 아니고 뭐야? 없는 것을 선생님이 꾸며서 이야기하는 것 아니지?"

은평은 고개를 천천히 끄덕이며 그렇다고 조용히 말했다.

"맞아, 네가 매력이 있기 때문에 사귄 거겠지. 너도 그 친구들이 나름 좋은 이유가 있어서 친구가 된 것이고. 그러니까 부족함보다는 각자 긍정적인 요소가 있어서 서로 사귄 거야."

은평의 표정은 여전히 굳어 있었다. 한별은 눈이 보이지 않아도 충분히 느낄 수 있었다.

"시간이 지나서 그 요소가 줄어들었거나 사라졌을 수도 있어. 하지만 늘 네가 부족해서 친구를 제대로 길게 사귀지 못한 것처럼 생각한다면 그거야말로 없는 사실을 꾸며서 이야기하는 것 아닐까? 물론 친구들이 가식적이라는 것도 사실인지 나중에 더 살펴봐야겠지만."

은평은 한숨을 길게 내뱉었다.

"은평아, 네가 어떤 친구와 친할 때 그 애가 불쌍해서 사귄 적 있니? 그렇다고 해도 그 만남이 오래 간 적이 있어?"

"아니요."

"너희는 벌써 3개월 이상 서로 잘 지냈잖아. 그 긴 시간을 불쌍하다고 해서 만날 수 있을 것 같아? 개인적으로 이익도 안 되는 우리 카페를 위해 너를 이용하려고 잘 지낸 거라고?"

"에이, 몰라요. 이런 제가 못나게 느껴져서 미치겠어요."

한별은 은평에게 마음을 가라앉히고 잠시 눈을 감고 생각해 보라고 말했다.

"혹시 두 아이가 널 따돌렸니? 세 명이 함께 할 때도 너를 무시한 적이 있는지 기억해 봐."

잠시 후 은평이 말했다.

"딱히 그렇지는 않아요. 오히려 너무 잘 대해 줘서 거리감이 있어요."

"윤수와 영승이는 1학년 때부터 같은 반이었다고 하지 않았어? 그만큼 함께한 시간이 다르니 그것은 네가 인정할 부분이 아닐까? 네가 최우선이 아니라고 해도 문제가 되지 않아. 너는 서운하겠지만 말이야."

은평은 눈을 동그랗게 뜨고 한별을 봤다.

"친구를 사귄다고 해서 꼭 네가 중심이 되어야 할 필요가 있지는 않잖아. 소설이나 영화를 봐도 주인공 아닌 조연들도 주인공과 혹은 조연끼리 충분히 행복하게 잘 지내는 모습을 쉽게 확인할 수 있잖아. 백번 양보해서 두 명이 너를 차별한다고 쳐도, 너도 네가 끈끈하게 지낼 일대일 관계의 사람을 만나면 되지 않을까?"

"싫어요. 다른 애들은 제 진심을 몰라줄 거예요."

한별은 잠시 숨을 고른 다음 조심스럽게 물었다.

“진심을 몰라준다면서 너는 다른 애들의 진심이 무엇인지 알려고 노력해 봤니? 여기 오기 전에 그냥 추측하는 것 말고 직접 확인해 봤어?”

은평은 뒤통수를 얻어맞은 것 같았다.

“예전에 친했던 친구의 진심도 확인하지 않고, 다른 친구들의 진심도 확인하지 않고 이미 결과는 정해져 있다고 믿으며 너 스스로 고통받는 게 아닐까? 물론 진짜 그 친구들이 너를 별로 좋아하지 않을 수도 있어. 그러면 그때의 문제는 그때 다시 상담하며 해결해야지.”

은평은 어금니를 꽉 깨물었다. 한별의 분석이 맞는 이야기일 수 있지만 화가 스멀스멀 올라왔다.

“지금은 네가 머릿속에서 스스로 만들어 낸 고통을 해결해야 해. 그때 무기력에 대해 상담할 때 이야기했지? 결과를 바꿀 수 없다고 생각하면 무기력해진다고. 너 다시 무기력한 삶으로 돌아가고 싶지 않지?”

“절대 싫어요.”

“나도 은평이가 그렇게 되는 게 싫어.”

한별의 진심이 느껴지며 화가 좀 누그러졌다.

“그러면 저는 어떻게 해야 해요?”

“일단 윤수와 영승이랑 이야기해 봐. 두 명에게 동시에 말하는 게 힘들면 그나마 더 말이 잘 통한다고 생각하는 한 명이라도. 그것도 부담이 되면 중간에서 선생님이 사회자처럼 도와줄게."

은평은 마지못해 그러겠다고 말했다.

"나와 네가 겪은 윤수와 영승이의 모습이 다를 수 있어. 나도 너희 앞에 있을 때와 내 친구들 앞에 있을 때의 모습이 다르니까. 상대방에 따라 보여 주는 모습이 다르다고 해서 가식이라고 할 수 있는지는 더 생각해 봐야 해. 없는 면을 억지로 만들어 보이는 것은 가식이지만, 자기에게 진짜 있는 여러 가지 면 중에 너와 소통하고 싶은 면을 골라서 보여 주는 거라면 가식은 아니지 않을까?"

"잘 모르겠어요."

한별은 잠시 생각에 잠겼다.

"왜 두 친구의 반응에 네가 민감한지 생각해 보렴. 혹시 친구가 적어서는 아닌지, 두 친구와의 우정에만 너무 기대를 거는 것은 아닌지 등등."

"네."

"이번 두 친구와의 문제가 해결되어도 같이 다닐 다른 친구를 만들어 봐. 우정은 깊이도 중요하지만, 넓이도 중요하니까. 다양한 사람과 저마다 다른 우정을 쌓는 것도 재미있지 않을까?"

은평은 천천히 고개를 끄덕였다.

"반 친구가 부담되면 같은 취미를 공유하는 동아리 활동 시간에 보는 다른 반 친구를 사귀어 보는 건 어때? 음악, 춤, 기악 등 동아리가 많잖아."

"전 음악을 좋아해요. 노래 말고 음악. 조립하는 것도 좋아해요. 그래서 음악 가지고 이렇게 저렇게 조합해서 믹싱하며 놀아요. 매시업이라고 하는 건데 나중에 들려 드릴게요. 그런데 동아리는 그쪽이 아니라……, 될 대로 되라는 식으로 애들 사이에 숨어 지낼 수 있고 핑계 대서 빠져도 모를 만큼 가장 사람이 많은 합창 동아리에 들어갔어요."

"그랬구나. 그러면 2학기에는 다른 음악 동아리로 가는 게 어때? 아니면 센터에서 하는 다른 봉사 팀원과 더 많이 어울리는 일을 하게 해 달라고 효묵 아저씨에게 부탁하거나. 특히 음악과 관련된 일로."

"좋아요, 해 볼게요."

한별은 미소를 지으며 말했다.

"애들과 잘 지내게 되더라도 네가 혼자 계속해야 할 것이 있어."

"네? 그게 뭔데요?"

"사람들의 반응이나 마음에 과도하게 신경을 쓰다 보면 가벼운 농담에도 상처를 입을 수 있어. 평소에는 그냥 웃어넘길 말도 예민해졌을 때에는 마음속에 콕 박혀서 상처를 입기도 하잖아?"

"네."

"그래서 너 자신을 덜 예민하게 만들어야 해. 그러려면 긴장을 푸는 요가 같은 운동을 하는 게 좋아. 네가 음악을 좋아한다니까 알 거야. 아티스트들도 콘서트 무대에 올라가기 전에 긴장을 푸는 방법으로 요가를 하거나 명상을 하잖아."

"요가는 싫어요."

은평은 몸에 짝 달라붙는 요가복을 떠올리며 고개를 저었다.

"그러면 명상을 해도 좋아. 명상은 종교적인 게 아니라, 자신의 마음을 다스리는 방법이니까. 아니면 간단한 맨손체조도 좋아. 혹은 숨쉬기 운동으로도 긴장을 풀 수 있어."

"저는 숨쉬기 운동이 좋아요."

한별은 은평의 대답을 듣고 웃으며 호흡법을 알려 줬다.

"그래도 이게 정말 효과가 있을까요?"

"너 처음에 무기력 치료할 때 겪었던 것 벌써 잊었어? 도전하기도 전에 이게 뭐야?"

은평은 머리를 긁적였다.

"안 잊었어요. 일단 해 볼게요."

"네가 하루하루 기운 없게 산다면 네가 걱정하는 미래가 오겠지. 하지만 하루하루 조금이라도 더 의욕을 갖게 되면 네가 걱정하는 미래에서 그만큼 멀어지게 될 거야."

한별이 단호하게 말하자, 예전 상담이 중단되던 때가 떠올라 은평의 정신이 번쩍 났다.

"아침에 일어나서 억지로 학교에 끌려와 시간을 보내는 것과 아침부터 자신에게 기운을 주려 좋아하는 음악을 듣고, 몸에 에너지를 더 주기 위해 건강한 음식을 챙겨 먹는다면 어떨까? 친구들과 잘 어울리지 못하더라도 일단은 네가 학교에서 보내는 시간이 다르게 느껴질 거야."

"그렇지요."

"쉬는 시간에 혼자 음악을 듣더라도 학교에서 보내는 네 시간은 더 즐거워지겠지. 그러면 지금 상태에서 보는 학교생활과는 다른 것들이 보일 거야. 산에 올라가기 전에 아래서 생각한 풍경과 막상 올라가면서 보는 풍경이 다르니 상상만 하지 말고 일단 작은 것부터 실행하자."

"네."

"어째 아직도 자신이 없는 것 같은데? 그러면 일단 실행할 가장 작은 것부터 정해 볼까?"

"복식 호흡이요."

"그것도 좋아. 그런데 네게 힘을 줄 음악을 고르는 것부터 시작하면 어떨까? 새로운 것보다는 이미 네가 좋아하던 것부터 시작하는 거야. 아침에 일어나 옷을 갈아입을 때 들을 음악, 쉬는 시간에, 점심시간 등에 들을 음악을 정하는 거야."

은평은 이때까지만 해도 가슴속이 미지근했다. 하지만 한별의 다음 말에 마음이 움직였다.

"그리고 선생님에게도 추천해 줘. 선생님도 그 음악으로 힘을 얻고 싶으니까. 이틀 후 애들 만나러 올 때 나한테 음악 소개해 줄래? 나중에 그게 너에게 도움이 될지 어떨지는 몰라도, 일단 나의 플레이리스트를 더 멋지게 늘려 주는 것은 확실하잖아?"

은평은 정말 선생님이 자기를 인정해 준다고 느꼈다. 그리고 실제로 음악의 힘이 필요하다는 진심도 느꼈다.

상담을 끝내고 집으로 오는 길에 은평은 한별을 위해 음악을 골랐다. 그냥 제목만 떠올리는 게 아니라, 직접 휴대폰에 저장된 음악을 들었다. 한별이 노래를 들을 때 어떤 기분이 들까를 상상하면서 세심하게 음악을 들었다.

혼자 집에 오는 길은 싫었는데, 자기가 좋아하는 일에 몰입하니 고민하던 친구 문제도 잊을 수 있었다. 어제까지만 해도 길기만 하던 나 홀로 귀갓길이 유달리 짧게 느껴졌다. 물리적으로 바로 옆에서 함께하지 않아도 심리적으로는 계속 함께하는 느낌에 푹 빠졌다. 외롭지 않았다. 오히려 행복해졌다.

일주일 후 은평은 훨씬 편안해진 마음으로 윤수와 영승을 만났다. 둘이 더 잘 어울린다는 것은 오해였다.

"아, 그때 그거? 내가 실은 요즘 연속으로 비밀 상담하고 남모르게 따로 해야 하는 과제도 있어서 윤수와 약속 있다고 핑계 댄 것뿐이었어."

영승의 말에 윤수가 거들었다.

"나도 미안해. 네가 영승이랑 어디 갔냐고 물으니까, 영승이가 거짓말했다고 할 수 없어서 둘러댔어. 그런 게 너한테 상처 줄 줄 몰랐어."

한별이 끼어들었다.

"윤수야, 그런데 왜 사실대로 이야기하지 않았어?"

"제가 선생님 말씀을 오해했던 거 같아요."

"어떤 말?"

"누군가가 나에게 당황스러운 일을 벌였거나, 서운한 일을 만들었을 때는 '내가 모르는 사정이 그 사람에게 있었을 거다'라고 생각하자는 말이요. 영승이가 사정이 있었을 테니 도와주자고 한 거였는데, 내 친구 은평이 사정도 헤아렸어야 하는 거였어요."

"아, 그랬구나. 내가 더 잘 이해하게 말하지 못해 은평이가 힘들어진 부분도 있구나. 나도 은평이한테 미안하다고 해야겠어."

은평이 재빨리 말했다.

"저야말로 두 친구가 예전과 다른 행동을 했을 때는 내가 모르는 그럴 만한 사정이 있을 거로 생각했어야 했는데, 그러지 못해 모두에게 미안해요."

"우리 모두에게 다 미안한 거네. 그럼, 우리 모두 용서할까?"

한별의 말에 모두 그러겠다고 외쳤다. 한바탕 웃음이 흐르고 나서 은평이 말했다.

"계속 미안해하지만 말고, 우리 새 마음으로 더 좋은 관계를 맺어 보는 것은 어때?"

모두 좋다고 말했다. 은평은 힘내서 말했다.

"그렇다면 내가 원하는 것을 친구로서 도와줄 거야?"

"뭔데?"

"내년에도 디제잉 파티를 다시 하게 되면 메인 디제이를 하고 싶어."

영승과 윤수는 적극 지지하겠다고 말했다. 영승이 덧붙였다.

"그러면 우리 청소년 팀이 따로 모여서 운동하거나 일할 때 함께 들을 만한 응원가를 은평이 네가 짧게라도 만드는 것은 어떨까? 윤수가 만든 구호만 외치는 것보다 훨씬 멋질 것 같은데."

"알았어. 그렇게 할게."

은평은 환하게 웃었다.

생각의 징검다리

인간관계의 출발점 ?!!

《어른들은 잘 모르는 아이들의 숨겨진 삶》*에서 마이클 톰슨(Michael Thompson)은 인간은 생애 초기부터 줄기차게 관계, 인정, 권력을 추구한다고 지적했습니다. 인간은 인정받거나 권력을 더 많이 갖고 싶어 다른 사람과 사귀기도 하고, 자신이 권력을 더 많이 갖기 위해 욕심을 부리다가 관계가 틀어지기도 해요.

일부러 다른 집단 사람들과 벽을 세우는 방법으로 자기가 속하고 싶은 집단에서 인정받고 친밀한 관계를 맺으려 발버둥 치기도 합니다. 특정 팬클럽에서 다른 그룹의 연예인 혹은 팬클럽과 대결 구도를 갖는 대신 내부적으로 더 끈끈해지는 식으로 말이지요.

청소년도 관계, 인정, 권력에 대한 욕구 때문에 갈등하고 경쟁합니다. 집에서는 가족과, 학교에서는 반 친구들과, 온라인에서는 다른 회원들과 말입니다. 대부분 실제 자기 모습이 아니더라도 멋있는 모습을 보여서 인정받아 관계를 맺고, 더 많은 힘을 가져 관계의 중심에 서고자 하지요. 그런 태도로는 관계를 제대로 맺을 수 없음을 매 학년 경험하면서도 쉽게 버리지 못합니다.

왜일까요? 단기간에는 그런 태도가 관계를 형성하는 데 효과적이라고 보

* 마이클 톰슨·캐서린 오닐 그레이스·로렌스 J. 코헨 지음, 김경숙 옮김, 양철북, 2012.

기 때문입니다. 하지만 진심과 다른 태도를 계속 갖는 것은 스트레스입니다. 스트레스를 감수해도 장기적인 친밀감이 없으니 더 상처를 받습니다. 상처는 그저 반복된다고 해서 더 면역력이 생기거나 강해지지 않습니다. 치유가 필요합니다.

심리학자 에릭 에릭슨(Erik Homburger Erikson)은 신뢰를 주고, 자율적으로 처리할 수 있도록 제 몫의 일을 믿고 맡겨 주고, 목적의식을 갖도록 힘을 북돋아 줄 수 있는 가족 같은 선생님, 친구, 멘토, 이웃이 치유에 필요하다고 주장합니다.

심지어 예술 작품 속 등장인물이어도 되고, 상상 속 인물이어도 괜찮습니다. 인간에게 필요한 것은 긍정성을 발견해 줄 다른 사람입니다. 필요할 때나 필요하지 않을 때나 늘 나타나 상호작용하며 '너는 세상에서 나름대로 잘 살아나가고 있다'는 듯 바라봐 주는 존재.

누구나 그런 존재가 있기를 바랍니다. 그런데 반대로 내가 누군가의 그런 존재가 되는 것에는 인색합니다. 혹은 마음은 있어도 구체적인 기술이나 경험이 없습니다. 혹은 아예 용기를 내지 못합니다. 그 이유 중 하나는 잘못된 인간관계에 대한 지식입니다.

인간관계를 긍정적으로 가져가려면 자신의 본심을 숨기면서까지 남에게 잘해 주라는 말이 있습니다. 하지만 괴테는 그런 인위적 노력이 오히려 문제라고 생각합니다. 질풍노도의 시기에 인위적인 것을 빼냄으로써 더 이상적인 상황이 될 수 있다고 생각했던 것을 더 심화시켰습니다.

아무리 잘해도 실패하는 관계가 있고, '자연스럽게 마음과 마음이 하나가 되는 진정한 친구' 관계가 있습니다. 화학에서 두 요소를 결합하기 위해서는 해당 요소가 각각 무엇인지부터 확인해야 합니다. '그냥 섞으면 어떻게든 잘 되겠지'라는 마음으로 억지로 어울리게 하다가는 예상치 못한 폭발로 큰 피해를 당하게 됩니다.

괴테는 《친화력》에서 다음과 같이 말합니다.

"스스로 자신을 제어하지 못하고 그저 되는 대로 안이하게 살다가는 파괴와 타락을 초래할 뿐이다."

자신과의 관계를 완성한 다음에 다른 사람을 만날 때가 가장 좋습니다. 때로는 다른 사람을 만나면서 자신과의 관계를 형성하기도 합니다. 이것도 좋습니다. 하지만 자신과의 관계도 완성하지 못하고 나쁜 사람들과 어울리는 사람은 그들의 패악질로 갖은 마음고생을 하느라 삶의 질이 나빠져 결국 불행해집니다. 좋은 사람들과 어울리는 사람은 긍정적 도움을 주고받아 삶이 행복해집니다.

추천 도서

《관계를 읽는 시간 : 나의 관계를 재구성하는 바운더리 심리학》, 문요한 지음, 더퀘스트, 2018.

머리로는
알겠는데
제 마음을 어쩌지
못하겠어요

9.

디제잉 파티를 했던 8월 말을 기점으로 청소년의 참여가 눈에 띄게 늘었다. 평소 클럽에 맘 놓고 갈 수 없었던 청소년이 맘껏 춤추고 놀았던 디제잉 파티 자체도 화젯거리였지만 악기, 노래, 춤, 놀이, 공연 등 취미와 관련된 재미있는 프로그램도 관심을 끌었다. 센터가 자원봉사를 할 수 있는 장소일 뿐만 아니라, 색다른 이벤트를 경험할 수 있는 곳으로 청소년들에게 많이 알려졌다.

새롭게 센터를 찾은 청소년들은 학교 내 동아리와는 다르게 다양한 학교와 학년의 또래와 어울리는 것이 좋았다. 그리고 열정적인 청년조합 선생님의 안내를 받는 것을 참가자들은 재미있어했다.

예나와 영승은 또래 청소년이 늘어나는 게 좋았다. 새로운 사람들과 어울리는 게 즐거웠다. 마치 한별과 효묵 커플이 청년들의 구심점으로 활동하는 것처럼, 예나와 영승은 청소년들이 자신들을 중심으로 모이는 게 좋았다. 그러면서 둘이 더 가까워지는 느낌이었다. 신입 회원에게 커플로 오해를 받아도 서로 그리 기분 나쁘지 않았다.

하지만 예나에게 문제가 생겼다. 10월 중간고사가 끝나고 홀가분한 마음으로 찾은 앤의 오두막에서 전 남자 친구 강용수를 봤다. 그 이후 예나는 센터에 가고 싶지 않았다.

센터 일을 최우선으로 했던 예나가 프로그램에 두 번 빠지고 전화도 받지 않으니 영승은 무슨 일이 있나 걱정되었다. 영승은 유진에게 사정을 말했다.

다음 날 유진은 학교에서 예나를 따로 불렀다.

"무슨 일 있어?"

유진은 걱정스러운 눈빛으로 물었다. 예나는 머뭇거리다가 그동안의 사정 이야기를 했다. 유진은 화를 냈다.

"네가 잘못한 게 아니라, 그놈이 잘못했는데 왜 네가 피해를 당해야 해? 센터도 네가 먼저 왔잖아."

"그러니까, 이런 상황에 빠진 게 너무 화나."

"그렇다고 이렇게 혼자 끙끙 앓을 거야? 인터넷에 있는 전 남친 욕 게시판에라도 올려. 애들이 화끈하게 욕해 줄걸."

예나는 잠시 상상했다. 속이 시원했다. 그러나 게시판에 글 올린 다음에 센터에 가는 상상을 하자 다시 답답해졌다.

"어휴, 그런다고 뭐가 달라지니?"

"하긴."

유진은 고개를 끄덕였다.

"영승이에게 말할까? 너 많이 걱정하던데."

"아냐, 영승이는 안 돼. 부끄러워."

유진은 고개를 갸웃거렸다.

"혹시 너 영승이 정말 좋아하니?"

예나는 한숨을 여러 번 쉬었다가 말했다.

"좋아하는 건 맞는데, 지금 관계도 나름 괜찮다 싶기도 해. 그 애도 나를 그냥 선배로 좋아하는데 내가 괜히 고백하면 원래 좋았던 관계까지 잘못될까 봐 두렵기도 해."

유진은 혀를 찼다.

"이것아, 너만 모르고 다 알아. 영승이가 널 좋아하는 거."

"그야 친한 선배로."

"야, 다른 여자 선후배, 동기 볼 때랑 너를 볼 때 눈빛이 달라. 전화해서도 각별한 진심이 느껴질 정도로 엄청나게 걱정하더라."

예나는 옅은 미소를 지었다. 하지만 곧 표정이 굳어졌다.

"그럴수록 예전에 있었던 일은 알리고 싶지 않아."

유진은 고개를 끄덕였다.

"알았어. 그놈 문제도 힘든데 영승이 감정까지 신경 쓰자면 네가 더 힘들 수 있겠다. 그러면 내가 따끔하게 이야기해 줄까?"

"네가?"

"넌 그 애랑 마주치는 것도 싫어서 센터에 안 나올 정도잖아. 나랑 영승이뿐만 아니라, 아마 다른 애들도 그놈이 아니라 너를 센터에서 보고 싶을 거야."

예나는 유진의 손을 잡았다.

"고마워."

유진은 인터넷으로 강용수가 참가하는 힙합 프로그램 시간을 확인했다.

"일단 오늘은 내가 듣는 프로그램 때문에 갈게. 내일 그 녀석 시간에 들어가서 끝나자마자 붙잡고 이야기할게."

유진은 자못 결연한 표정으로 예나에게 작별 인사를 했다. 예나는 든든했다.

집에 혼자 있자니 유진과 용수가 이야기를 나누는 장면이 떠올랐다. 경험상 용수가 돌변해서 유진을 막 대할까 봐 걱정되었다. 예나는 유진에게 전화를 걸었다.

"유진아, 아무래도 내 문제이니 내가 이야기하는 게 좋겠어."

유진은 고집을 부렸다. 하지만 예나의 고집이 더 셌다.

"그럼, 같이 가 줄까? 그놈이 무슨 짓을 할지 모르니까."

"굳이 그럴 필요 없을 거야. 세미나실에서 잠시 만나 내 입장만 전달하고 나올 거니까."

다음 날 유진은 청소년 기획팀원의 프로그램 모니터링 핑계로 용수가 참여하는 힙합 동아리가 모이는 세미나실에 들어갔다. 예나가 사정을 털어놓을 때 보여 준 SNS 사진으로 용수가 누구인지 알 수 있었다. 그 사진이 아니었어도 구석에 삐딱하게 앉아 남의 말을 잘라먹으며 계속 나서는 태도 때문에 쉽게 구별할 수 있었을 것 같았다.

유진은 나쁜 놈이라고 생각해서 도끼눈을 하고 쳐다보고 있는데, 용수 옆에서 영승이 친하게 구는 게 더 꼴사나웠다.

"쟤도 같은 과인가? 그렇게 안 봤는데 실망이야."

영승은 내년에 은평이 디제잉을 할 때 멋진 무대를 꾸밀 때 도움이 될 수 있을까 해서 힙합 동아리에 들겠다고 슬쩍 말했던 사실도 유진은 까먹었다.

동아리 시간이 끝나자 예나가 세미나실로 들어왔다. 유진은 예나에게 기운을 불어넣어 주려 옆으로 다가갔다. 그러는 동안 영승은 용수에게 다가가 서로 웃으며 장난치고 있었다. 그 모습을 본 예나는 당황했다. 용수와 함께할 때 벌어질 다양한 장면을 상상하며 대비했지만, 영승이 용수와 친하게 구는 모습은 전혀 상상하지 못했다.

누군가의 시선을 느낀 용수는 고개를 돌렸다. 멍하니 서 있는 예나를 보고 용수는 피식 웃었다. 그리고 다시 고개를 돌려 영승을 쳐다보며 히죽거렸다. 잠시 후 영승도 웃었다. 예나는 눈을 질끈 감고 발걸음을 돌려 나왔다. 유진은 예나를 따라 나왔다.

유진은 도망치듯 사라지려는 예나를 붙잡아 센터 1층에 있는 카페로 이끌었다. 자리에 앉자마자 유진이 물었다.

"예나야, 힘들면 내가 대신 말해 줄까?"

"아니야. 그래서 그런 거 아니야."

"그럼 왜 말 안 했어?"

예나는 입이 쉽게 떨어지지 않았다. 영승과 용수가 함께 웃는 모습이 머릿속에서 떠나지 않았다. 그리고 계속 화가 났다. 화를 삭이느라 힘이 빠져 이유를 찾거나 말하는 것도 귀찮았다. 유진이 너무 걱정해서 잡지 않았다면, 그저 집에 갔을 것이다. 예나는 자리에 엎드렸다. 그런 예나의 모습을 보고 유진은 더 불안해졌다.

그때 영승과 용수가 카페로 들어왔다. 들어오면서도 대화를 끊지 않을 정도로 서로의 이야기에 몰입하고 있었다.

영승이 용수를 보면서 물었다.

"세 번 끊게 고치면 되는 거예요?"

"그래야 뒷부분 플로우가 더 살아."

"어떻게 하면 되는지 직접 시범으로 알려 주세요."

용수는 고개를 끄덕였다. 영승은 마침 카페에 있던 센터 동아리 형에게 물었다.

"형, 예약 없으면 잠깐 작은 세미나실 쓰면 안 될까요? 동아리 시간에 했던 거 15분 정도 빨리 연습하고 나갈게요."

"좋아."

청년이 흔쾌히 허락했다. 영승과 용수가 작은 세미나실 문을 열려고 할 때 유진이 소리쳤다.

"야! 어딜 들어가!"

영승과 용수는 유진을 쳐다봤다. 예나도 놀라서 고개를 들어 유진을 쳐다봤다.

"우리는 기획위원이라 센터분들과 친할수록 모범을 보이려고 센터에서 행동 더 조심해야 하는 거 몰라? 세미나실은 예약해야 이용할 수 있는 게 원칙이잖아. 그래서 우리도 밖에 있는 거 안 보여?"

평소와 다르게 유진이 매섭게 나오자 영승은 당황했다.

"그래서 형에게 미리 허락받고 잠깐 쓰고 나오려고……."

영승이 설명하려 했지만, 유진이 말을 막았다.

"모범을 보이지 못할망정 아무나 센터 곳곳을 함부로 다니게 하면 되겠어?"

"이 형도 센터 동아리에 새로 들어온 형이야. 아무나는 아닌데."

영승이 말하는 동안 용수는 고까운 눈빛으로 유진을 힐끗 쳐다봤다. 그리고 예나를 훨씬 오래 쳐다보며 말했다.

"너희 지금 텃세 부리는 거야 뭐야?"

예나가 목소리를 높여 대답했다.

"잘못한 것은 잘못한 거지."

"잘못? 난 새로 와서 예약이고 뭐고 몰랐어. 잘못이라면 영승이가 도와 달라고 해서 따라온 잘못밖에 없어."

예나는 용수를 노려보며 일어났다.

"말이 통할 애가 아냐. 유진아, 가자."

발걸음을 옮기기 전에 예나는 영승을 째려봤다. 영승은 어안이 벙벙한 표정으로 가만히 있었다. 예나와 유진이 사라지고 나서 영승은 용수에게 사과했다.

"원래 저런 누나들이 아닌데, 오늘은 이상하게 감정적으로 나오네요. 기분 나쁘셨을 텐데 제가 대신 사과할게요."

"아냐, 그럴 필요 없어. 원래 이상한 애라는 것은 알고 있었으니까."

"네? 저 누나들 원래 알고 있었어요?"

용수는 히죽거리며 대답했다.

"아니, 센터에 와서 딱 보니 이상하다는 촉이 왔어."

영승은 연습할 기분이 아니었다. 용수를 보내고 카페에 앉아 생각에 잠겼다. 평소와는 다른 누나들의 모습을 계속 분석했지만 답이 나오지 않았다. 영승은 일단 전화를 걸어서 오늘 자기 잘못에 대해 사과하기로 했다. 하지만 두 사람 다 전화를 받지 않았다.

마침 회의 준비를 위해 2층에 들른 효묵에게 자기가 모르는 무슨 일이 있었는지 물었다. 효묵은 사정을 모르고 있었다. 영승은 3층에 있는 한별에게 찾아가 오늘 벌어진 일을 이야기하고 무슨 일이 있는지 물었다.

"영승아, 나도 잘 모르겠어."

한별의 대답에 영승의 마음이 더 무거워졌다. 영승의 깊은 한숨을 듣고 나서 한별이 말했다.

"지금은 그렇지만 애들에게 물어보고 오해가 있거나 도와줄 만한 일이 있다면 너에게도 말해 줄게."

한별은 예나에게 전화했다. 한참 만에 예나가 전화를 받았다.

"오늘 카페에서 있었던 일 들었어. 그렇지 않아도 네가 시험 끝나고 센터에 잘 오지 않아 걱정했는데 무슨 일 있는지 이야기해 줄 수 있니?"

"화가 나요. 저도 왜 이렇게 화가 나는지 모르겠어요. 그래서 더 화나요."

"그러면 처음에 화가 나기 시작했던 지점부터 이야기해 줘. 분석은 내가 도와줄게."

예나는 길게 한숨을 쉬고 나서 이야기하기 시작했다.

"3주 전 센터에서 전 남자 친구 용수를 봤어요. 그 애는 저를 보고 코웃음을 한번 치고 무시하더라고요. 일단 그게 기분 나빴어요. 6개월 정도 지났는데도 자기 잘못을 모르고 오히려 제가 문제라는 식으로 보더라고요. 그 녀석에게 화가 났어요. 그런데 바로 다가가서 따지지 않은 저에게도 화가 났어요."

"그랬구나, 충분히 화날 수 있어. 더구나 그런 애가 예나가 소중히 여기는 공간에 불쑥 나타나니까 놀라기도 했을 테고."

"맞아요. 막 제 영역을 침범하는 느낌이었어요. 그 녀석은 아직은 힙합 동아리에만 나오니까, 내가 그 시간을 피하면 된다고 머리로는 생각하지만 왜 내가 피해야 하나 생각하니 더 화가 났어요."

"그렇구나."

"결과적으로 제가 피한 게 되어 버린 게 더 화나서 오늘은 이야기하려고 했어요."

"그런데?"

예나는 감정이 올라오면서 더 거친 숨을 몰아쉬었다.

"영승이가 용수랑 잘 지내는 거 보니까, 멍해졌어요. 걷잡을 수 없이 화가 났어요."

"영승이는 용수와 친하다기보다는 동아리에서 용수가 노래를 아주 잘해서 이것저것 물어보다가, 오늘 스킬을 제대로 배우려고 카페에 온 게 전부라는데?"

"그래도 그 애가 저랑 친한데 용수에게 그러면 안 되죠."

예나의 격한 반응을 보고, 한별은 짚이는 바가 있었다.

"예나야, 잠시 감정을 가라앉히고 내 말 잘 들어 볼래? 영승이는 용수가 데이트 폭력범인 네 전 남자 친구라는 걸 알았을까?"

예나는 잠시 가만히 있다가 대답했다.

"아니요."

"그런데 영승이 알고 그런 것처럼 생각하면 더 감정적으로 반응하게 돼서 너희 둘 관계도 문제가 생길 거야."

"그래서 더 화나요. 그 녀석 때문에 다 이런 문제가 생기니까요."

"예나야, 내일 학교 끝나고 센터에 와 줄래? 와서 나만 잠깐 만나고 가 줘. 너에게 보여 주고 싶은 게 있어."

"싫어요."

예나는 차갑게 말했다. 그럴수록 한별은 더 부드럽게 물었다.

"예나야. 네가 상담사가 되고 싶다고 할 때 한 말 있지?"

"어떤 말이요?"

"너와 비슷한 사람을 도와줄 때 도움이 되기 위해서 힘든 일이 있어도 피하지 않고 용기를 내겠다고 한 말."

예나는 숨이 턱 막혔다.

"지금이 바로 그 용기를 낼 때야. 너 자신을 위해, 네가 도와줄 사람들을 위해, 그리고 너를 걱정하는 주변 사람들을 위해."

예나는 머뭇거리다가 결국 가겠다고 약속하고 전화를 끊었다.

다음 날 예나는 한별을 찾았다. 한별이 따뜻하게 말했다.

"예나야, 마음고생 많이 했지? 오늘은 그 고생에서 벗어나는 길을 함께 찾아보자."

"어떻게요?"

"계속 같은 생각을 하면 입력이 똑같아서 다른 마음이 들기 힘들잖아. 그래서 오늘은 괴로운 마음을 다르게 들여다보는 시간을 가져 보려고 해."

"저도 다른 마음이 생겼으면 좋겠어요. 저도 제 마음을 어떻게 못 하겠어요. 그게 또 화나게 해요."

"어떤 부정적인 생각을 하면, 그것에 꽂혀서 뿌리 깊은 생각으로 변하기 쉽지. 마음의 중심을 차지한 부정적인 생각은 비현실적인 상황을 상상하도록 현실을 왜곡하기도 해. 그 상황에 계속 빠지면, 나 자신이 싫다, 나아질 가능성이 없다, 나는 쓸모가 없다는 것과 같은 마음을 갖게 하지."

예나는 울먹이며 말했다.

"저도 그런 상태인 거 같아요."

"세상에는 긍정적인 것으로만 가득 차 있는 게 아니라 부정적인 상황, 부정적인 사람도 있으니 감정의 동물인 인간이라면 부정적인 생각에 흔들리는 게 당연해. 나쁜 게 아니야."

"나쁜 게 아니라고요?"

"너도 친구가 잠시 부정적인 생각에 흔들리면 도와줘서 더 관계가 깊어지고, 그 친구도 상황을 좀 더 자세히 비판적으로 들여다보고 생각을 더 키우고 그랬던 경험 없어?"

예나는 잠시 기억을 떠올렸다.

"있어요. 제 상담사 꿈을 학교 친구들에게 말한 다음 소소한 고민거리를 또래 상담하면서 그런 적이 있어요."

"그렇지? 하지만 잠시 흔들리는 게 아니라 감정에 계속 휘둘리면 어떻지?"

"저 자신에게나 주변 사람 모두에게 해로워요. 그건 알아요. 그래서 이러는 저 자신에게도 화가 나요."

"화는 자기가 원하는 것이 좌절되면 나오는 자연스러운 감정이기는 해. 문제는 그게 계속 부정적 생각 때문에 더 커지고 반복된다는 거지. 그래서 지금 예나에게 필요한 것은 화를 계속 만들기 전에 감정적으로 부정적인 생각에 빠지지 않는 방법이야."

"그런 방법이 있어요?"

예나는 반갑게 물었다.

"응. 감정에 휘둘리지 않으려면 생각을 글로 써 보는 게 가장 좋아."

예나는 미간을 찡그리며 말했다.

"화가 나는데 어떻게 차분하게 생각을 적어요? 생각을 쓰다가 더 화가 날 수도 있잖아요."

"백일장용 글짓기 하라는 게 아니야. 간단한 메모면 돼."

"정말 그 정도여도 되는 거예요?"

"응. 말을 하다 보면 자기가 더 흥분할 수 있어. 하지만 글로 적으면 긴장을 풀 기회가 생겨. 계속 생각이 생각을 만드는 것에 브레이크를 거는 거야. 그리고 적힌 것을 다시 읽으면 뇌가 글로 써진 다른 해석을 진지하게 받아들이게 해. 자신이 얼마나 비이성적으로 생각했는지 돌아보게 해 줘."

한별은 예나에게 태블릿을 내밀었다. 태블릿에는 다음과 같은 표가 화면에 떠 있었다.

"이게 뭐예요?"

"나랑 효묵 아저씨가 상담 이론 공부하면서 현실을 왜곡하지 않고 올바르게 자기 마음을 챙기는 이론을 표로 정리한 거야."

"이 표를 어떻게 채워요?"

"한 칸에 여러 일을 생각나는 대로 뭉텅이로 쓰는 게 아니라, 각각 나눠서 쓰는 게 중요해. 예나 문제 같은 경우에는 앤의 오두막에서 전 남자 친구를 본 경험부터 적어야겠지. 영승이와 함께 있는 것을 본 것은 나중에 따로 적고."

예나는 심호흡을 하고 나서 태블릿에 자신의 답을 채워 넣기 시작했다. 다른 것들은 비교적 수월하게 답했지만, 마지막 칸은 한참 시간이 지난 후에도 답할 수 없어 그대로 한별에게 내밀었다.

한별은 예나가 쓴 답을 음성 지원 기능으로 확인했다. 한별은 답을 다 듣고 나서 말했다.

"내가 이 표 사용법을 더 자세히 알려 줄게."

한별은 예나에게 종이를 주고 요점을 받아쓰게 했다.

"처음 두 줄은 잘 작성했어. 그런데 세 번째 줄의 네 답을 보면 여러 생각이 여전히 꼬리를 물고 있지? 한 줄에 하나씩 적고 넘어가려고 노력해 봐. 이 표를 작성하는 게 부정적인 생각이 커나가는 것을 막기 위한 것임을 잊지 말아야 해."

예나는 종이에 "한 칸에 하나씩"이라고 적었다.

무엇을 경험했는가?	전 남친을 앤의 오두막에서 마주침.
이 일에서 느껴지는 이미지나 생각은 무엇인가?	노래방에서 억지로 스킨십을 하던 것처럼, 내가 싫어하는데도 자기 욕심을 채우는 전 남친의 모습.
분위기, 감정, 느낌은 어떠했는가?	나에게 사과하지 않고 그냥 쓱 보고 아무렇지도 않게 자기 갈 길 가는 것이 어이없었음. 앞으로도 그 녀석은 피하고 싶음. 이런 상황이 벌어지지 않았으면 좋았을 것이라는 생각이 듦.
감정과 느낌의 세기는 10점 만점 중 어느 정도였는가?	10점
미처 생각지 못한 다른 가능성은 없는가?	모르겠다

"그리고 마지막 줄은 자기가 적은 모든 것을 놓고, 마치 다른 친구가 쓴 것을 보고 현실을 왜곡한 빈틈을 찾아서 그 친구에게 조언하듯이 쓰는 거야. 쉽게 말하자면 일종의 유체이탈 버전인 셈이지. 이 마지막 줄에는 여러 생각을 적어도 상관없어."

"여러 개는커녕 한 개도 생각나지 않던걸요? 예를 들어 그 줄은 어떻게 채울 수 있어요?"

"자, 두 번째 줄을 쓰면서 너는 노래방 장면을 떠올렸지?"

"네."

"용수가 나쁜 애일 수는 있어. 그런데 센터에 노래방에서처럼 너를 괴롭히러 왔을까? 아니면 자기가 관심 있는 프로그램에 참여하러 왔을까?"

긴 한숨을 지은 다음 예나가 대답했다.

"그야 참여하러 왔겠죠."

"그래, 그것부터 마지막 칸에 적는 거야. 백번 양보해서 '앤의 오두막에 와서 내가 화났다'라는 말은 할 수 있어도 '나를 화나게 하기 위해 앤의 오두막에 왔다'라는 말은 왜곡인 거지. 그런데 화를 낼 때는 마치 왜곡된 현실이 사실인 것처럼 계속 꼬리를 물어서 생각하거든."

한별의 말이 맞는다 싶으면서도 그 말이 자기에게 공감하지 않는 것 같아 서운하고 또 화가 났다. 예나의 숨소리가 달라지는 것을 느낀 한별이 말했다.

"실은 마지막 줄에 채운 대답을 남에게 들으면 상처받기 쉬워. 하지만 스스로 찾으면 성장의 기쁨을 느끼게 되지. 그래서 이 표가 효과가 있는 거야. 오늘은 사용법을 익히는 것이니 네가 열린 마음으로 들으려 더 노력해 줘야 해."

예나는 예전에 한별이 알려 준 것처럼 심호흡을 하며 감정을 누그러뜨리려 노력했다.

"두 번째 줄에 적은 것처럼 용수가 너를 여기에서 괴롭히려 한다면 네 친구들이 가만히 있겠니? 그리고 너는 가만히 있고? 유진이도 미리 나서려 했잖아?"

"맞아요. 그건 그래요."

"세 번째 줄에 답한 것을 보면 너는 용수에게 사과받고 싶은 마음이 있는 것 같아. 사과도 없이 재회한 것을 불쾌해했으니까. 그렇다면 사과받을 노력을 더 해 보는 것은 어때? 막연히 화를 내며 지치는 것보다는 사과받기 위한 노력을 하는 데 에너지를 쓸 수 있을 테니 말이야."

"예전에 노력해도 사과를 안 했는데 지금 제가 요구한다고 할 것 같지 않아요."

"그건 모르지. 예전에는 너 혼자 노력했고, 지금은 우리가 있잖아."

'우리'라는 말에 예나는 마음이 든든했다. 용수에게 사과받는 장면을 떠올렸다. 그러나 마냥 좋지 않았다.

"그런데 그 애가 앤의 오두막 사람들이 무서워서 하는 사과는 받고 싶지 않아요. 잘못을 뉘우치고 진심으로 사과해야지요."

"그러면 진심으로 사과받을 방법을 생각해 보자. 사과를 받지 못한다는 생각이 마음속에 뿌리내리게 하지 말고."

예나는 감이 왔다. 한별과 이야기를 나누면서 왜곡된 생각을 계속 확인했다. 빈칸에 들어갈 답이 무엇이든, 결국 어떤 부정적인 생각이 반복되면서 다른 부정적인 생각과 만나는 것을 계속 막으려고 노력해야 함을 깨달았다.

예나가 주요한 내용에 대해 이해하자 한별은 추가 사항들을 설명하기 시작했다.

“아, 그리고 네 번째 줄을 채울 때 주의할 게 있어. 화가 났다고 해서 모두 다 10점은 아니야. 화, 슬픔, 우울, 기쁨, 놀람, 부끄러움 등 모든 감정에는 그 정도가 있어. 너 자신의 감정을 객관적으로 보도록 노력한다면 그만큼 더 잘 관리할 수 있어.”

“네.”

한별은 고개를 끄덕이며 대답했다.

“이 표는 어제 카페에서 영승이와 있었던 일에도 쓸 수 있겠지?”

“네.”

예나의 대답을 듣고 한별은 빙긋이 웃으며 말했다.

“이 표는 부정적인 경험뿐만 아니라, 긍정적인 일에도 쓸 수 있어.”

“네? 긍정적인 일은 맘껏 즐기면 더 좋은 거 아니에요?”

“긍정적이라고 해서 감정에 휘둘리면 현실을 왜곡하다가 문제를 일으키기 쉽거든. 예를 들어 시험에서 공부한 것에 비해 점수가 높게 나왔는데 너무 기분이 좋은 나머지 자기 머리가 좋다고 생각해서 공부를 안 하면 문제가 생기겠지?”

“아이고 찔리는데요?”

“그리고 어떤 사람이 이별한 다음에 새로운 남자 친구를 사귀면 당연히 기분이 좋겠지. 하지만 그 친구가 나를 소중히 여기니까 사실은 알지 못하는 것을 다 알고 있다고 생각하고, 해 주지 못할 것까지 해 줄 수 있다고 믿고 현실을 왜곡한다면 결국 둘의 관계가 안 좋아지겠지? 그래서 왜곡하는 게 없는지 이런 표로 확인해 보는 게 좋아."

예나는 대답하지 않고 고개만 끄덕였다.

한별은 예나에게 표를 인쇄한 종이 여러 장을 주었다.

"집에 가서 차분하게 꼭 채워 보기 바라. 해 보고 괜찮으면 이번 일뿐만 아니라 앞으로도 활용할 수 있도록 이메일로도 보내 줄게."

집에서 예나는 부정적 감정을 일으키는 여러 경험에 대해서 차근히 빈칸을 채워 나갔다. 여러 날에 걸쳐서 하다 보니 분노, 두려움, 불안, 서운함 등 여러 감정이 점점 누그러졌다.

주말에 예나는 앤의 오두막 카페에서 영승을 만나 솔직하게 여러 가지 사정을 말했다. 용수를 남자 세계에서 좀 멋져 보이는 선배라고 생각하며 따르려 했던 영승은 분노했다.

"그 자식이 누나에게 그랬단 말이죠?"

오히려 예나가 나서서 진정시켜야 할 정도였다.

"이젠 내가 감정 정리를 했으니 괜찮아."

"아뇨, 전 안 괜찮아요."

"그래, 나를 아는 사람으로서 그럴 수 있어. 하지만 당사자인 내가 해결할 문제니 너무 속상해하지 마."

"왜 누나만 당사자라고 생각해요?"

영승의 말에 예나의 눈이 커졌다.

영승은 분노 때문인지 긴장해서인지 모르게 한껏 붉어진 얼굴로 말했다.

"저도 당사자예요."

영승은 씩씩거리며 카페를 나갔다.

생각의 징검다리

감정을 관리하는 방법 ?!!

감정을 관리한다는 것은 무엇일까요? 인간으로서 당연히 느낄 감정을 참고 느끼지 않는 것? 그것은 절대 아닙니다. 감정을 느끼지 않는 것은 사이코패스 성격 장애의 대표적 특징이지요.

감정을 관리한다는 것은 감정을 느끼기는 하되, 그 감정에 대해 현명하게 반응할 줄 아는 것입니다.

미국 UC 버클리의 심리학자 제임스 그로스(James Gross)의 연구에 따르면 사람들은 흔히 다섯 가지의 감정 관리 방법을 쓰고 있습니다.

첫째 방법은, 상황 선택(situation selection)입니다. 예나가 센터에 아예 나가지 않았던 것처럼, 싫은 감정을 일으키는 상황을 피하는 선택을 하는 것이지요.

둘째, 상황 변경(situation modification)입니다. 자신이 처한 상황에서 기분 나쁜 요소를 바꾸는 거지요. 예나의 경우 센터를 나가서 전 남자 친구를 보더라도 자기에게 와서 말을 걸거나 어떤 짓을 못 하게 만들 수도 있습니다.

셋째, 주의 배치(attentional deployment)입니다. 상황을 피할 수도 없고 바꿀 수도 없다면 그 상황과 연관된 좋은 점을 찾아보는 방법입니다. 예나의 경우 전 남자 친구가 센터의 다른 애들과 어울리는 상황을 놓고, 주변 인물의 진실성을 확인할 기회로 생각해 보는 것입니다. 전체 상황을 특별히

주의해서 보는 게 달라지는 거지요.

넷째, 인식 변화(cognition change)입니다. 부정적 감정이 드는 이유를 자신의 잘못된 생각 때문은 아닌지, 인식을 바꿔 보는 것입니다. 예나의 경우 용수와 어울리는 영승의 모습을 보고 더 화를 냈습니다. 그러나 그 부정적 감정이 정말 나쁜 일이 생겨서가 아니라, 자신이 잘못 생각한 것은 아닌지 따져 보고 인식을 변화시키는 것으로 감정을 관리할 수도 있습니다.

다섯 번째 전략은 반응 조절(response modification)입니다. 한별이 예나에게 준 표에 나온 것처럼, 감정 점수를 매기는 목적도 해당 일에 대해 자신의 감정이 너무 과하지 않은지 스스로 확인하고 조절하기 위함입니다. 감정을 느끼고 나서 사후에 조절하는 노력을 하는 거예요.

다섯 가지 감정 관리 방법은 각 상황에 따라 가장 효과적인 것이 다를 수 있습니다. 상황 변경이나 인식 변화 자체가 되지 않으면 상황을 선택해서 피하는 게 좋을 수도 있어요. 하지만 일반적으로는 인식 변화와 반응 조절을 하는 게 좋다고 마음 챙김 연구자와 심리학자들은 권합니다.

다섯 가지 방법 중 어떤 것을 선택하든 잊지 말아야 할 사항이 있습니다. 바로 나쁜 감정이란 없다는 사실입니다. 모든 감정에는 그 존재 이유가 있습니다. 감정에 휘둘리는 게 나쁜 것이지, 감정이 나쁜 게 아닙니다. 만약 두려움이라는 감정이 없어서 일을 막 저지른다면 인간은 위협에 그대로 노출되어 문제가 생길 것입니다.

부정적 감정은 나쁜 것이 아니니 그런 감정을 느끼는 자신을 마치 문제가 있는 것처럼 몰아세우거나 자책할 필요가 없습니다. 단지 그 감정에 휘둘리지 않도록 조심하면 됩니다.

감정을 느끼는 것을 억누르려고 노력할수록 더 생각나고, 더 부정적으로 에너지가 소모됩니다. 감정을 맘껏 느끼되, 관리하려고 하세요. 그러면 긍정적 감정, 부정적 감정 모두 느끼는 것을 두려워하지 않게 됩니다. 감정을 만드는 생각을 스스로 비판해서 현실을 왜곡하는 바가 없도록 만들 수도 있습니다. 그 결과 풍성한 감정 속에서 진실로 더 행복한 날을 맞이하게 됩니다.

추천 도서

《감정 다스리기: 과잉 반응을 멈추고 관리하는 방법》, 주디스 P. 시겔 지음, 이영나 옮김, 시그마프레스, 2017.

해 본 적도
없는 일을
어떻게 해요?

10.

예나는 카페를 뛰쳐나간 영승을 잡았다.

"실은 내가 널 좋아해. 그래서 좋은 모습만 보이고 싶어서 나쁜 일은 숨기려고 한 거야."

영승의 감정이 복잡하게 움직였다. 예나도 자기를 좋아한다는 기쁨, 크리스마스 즈음에 자기가 먼저 멋지게 고백하고 싶었는데 이번 일로 망쳤다는 아쉬움, 예나를 괴롭힌 용수에 대한 분노. 그런 사실을 모르고 용수와 가까이 지냈던 자신에 대한 자책, 자신도 센터를 처음 찾게 된 상담 이유는 예나에게 숨기고 싶은 마음 등.

영승은 눈을 질끈 감았다. 그러다 예나가 손을 잡자 저절로 눈이 떠졌다.

"나도 누나 좋아해. 그러니 이건 누나만의 문제가 아니야. 우리의 문제야. 남자 친구인 내가 나설 수 있게 해 줘."

일주일 후, 일요일 오후 힙합 동아리 시간이 끝나자마자 영승은 용수를 불러 세웠다.

용수는 거만한 표정으로 말했다.

"지난주에 못 한 거 가르쳐 달라고?"

영승은 용수를 보며 피식 웃었다.

"일단 조용한 곳으로 가시지요."

영승은 앤의 오두막 건물 뒤에 있는 임시 건물 옆으로 용수를 안내했다.

"선배님 오는 게 예나 누나가 불편하다고 하네요. 센터에 먼저 온 것도 누나이니 선배님이 그만 나와 주셨으면 좋겠어요."

"뭐? 너 미쳤냐? 네가 뭔데 감히 나에게 오라 마라야. 센터에 먼저 왔다고 텃세 부리는 거야? 야, 텃세도 사람 봐 가면서 부려."

"텃세요? 저 다 알고 있어요."

"뭘 알아?"

"선배가 예나 누나에게 한 일이요."

"무슨 일?"

용수는 일부러 목소리에 힘을 더 줘서 말했다. 하지만 떨리는 것을 숨기지는 못했다.

"백일 이벤트 때 노래방에서 한 일이요."

"아이 씨, 뭐라는 거야? 그건 네가 간섭할 일이 아니야."

"왜 간섭할 일이 아니에요? 전 지금 남자 친구로서 여자 친구를 보호하려고 말하는 거예요."

"뭐? 사귀어? 네가? 예나와?"

용수는 벌건 얼굴로 소리를 질렀다. 잠시 후 비열한 웃음을 지으며 말했다.

"어쩐지 이상한 애라고 생각했어. 연하가 취향이라 내게 짜게 굴었던 거였군, 넌 진도는 좀 나갔냐?"

영승은 주먹을 불끈 쥐었다. 용수는 실실 웃으며 말했다.

"아니지? 그 애 잘 안 줘. 아무리 공들여 봤자 소용없어. 내 꼴 나지 말고 다른 애 알아봐."

영승이 용수에게 주먹을 날렸다. 용수는 뒤로 한걸음 피하고 나서 앞으로 달려들며 영승의 턱에 주먹을 꽂으려 했다. 영승은 그 순간 주먹을 날리며 오히려 앞으로 왔다. 덕분에 주먹이 엉기면서 서로의 몸을 붙잡게 되었다.

그때 임시 건물 옆쪽에서 갑자기 윤수와 은평이 나타나 둘을 떼어 놨다. 영승이 심각한 얼굴로 센터에서 나와 선배와 후미진 곳으로 가자 둘이 몰래 따라와 모퉁이에 숨어서 상황을 살폈던 것이었다.

"이거 안 놔?"

용수가 고래고래 소리 질렀다. 덩치가 좋은 은평이 용수를 내팽개치고 단호하게 말했다.

"여기는 선배 같은 사람이 올 곳이 아니에요."

“뭐? 이것들이 단체로 미쳤나? 니들이 뭔데 이래? 떼로 덤비면 내가 쫄 줄 알았냐?”

은평은 휴대폰을 내보였다.

“여기 다 녹음됐어요.”

“그게 증거가 될 수 있을 것 같아?”

은평은 천연덕스럽게 웃었다.

“지금 이 말까지 녹음되고 있어요.”

용수는 움찔했다. 윤수가 말했다.

“뭐가 되었든 소문나면 선배 얼굴 들고 다니기 힘들 거예요.”

“웃기시네. 예나야 말로 얼굴 들고 다니기 힘들 거야.”

“그러세요? 자신 있으시면 증거 운운하며 걱정할 게 없겠네요.”

“어쭈, 이게 어디서 협박이야. 이것들 맞아야 정신 차리겠구나.”

은평이 히죽 웃으며 말했다.

“때리면 그냥 몇 대 맞고 바로 경찰서로 달려가 고발할 거예요. 경찰에게 사정 이야기하면서 이 녹음 넘기고요. 설명은 사정을 다 아는 제 친구가 잘해 주겠죠.”

용수는 잡아먹을 것처럼 세 명을 번갈아 쳐다봤다. 하지만 세 명의 눈빛이 더 강했다. 용수는 어금니를 꽉 깨물며 말했다.

“오냐, 이렇게 나온다는 거지. 나중에 보자.”

용수는 재빨리 뒤로 돌아 건물을 반대쪽으로 도망쳤다.

영승은 윤수, 은평과 헤어지고 나서, 심호흡을 여러 번 한 다음 예나에게 전화를 걸었다.

"누나, 이제 걱정하지 말아요. 앞으로 용수형은 앤의 오두막에 나오지 않을 거예요."

"정말? 어떻게 했는데?"

영승은 머뭇거렸다. 예나가 다시 물었다.

"순순히 말을 들을 애가 아닌데? 어떻게 했어?"

"제가 누나의 남자 친구라고 했어요. 여자 친구가 괴로워하는 것 보기 싫으니 꺼지라고 했어요. 윤수와 은평이도 저를 도왔고요. 결국 쫄아서 도망갔어요."

남자 친구라는 단어에 예나의 심장이 격하게 뛰기 시작했다. 영승은 예나의 숨소리가 느껴졌다.

"아무튼 너무 걱정하지 말고 이제 센터로 나와요."

얼굴이 달아올라 서둘러 말하고 전화를 끊었다.

전화를 끊고 나서 예나는 오랜만에 너무 행복했다. 영승이 용수를 붙잡고 했을 만한 행동을 머릿속에 떠올렸다.

부정적인 사건에 대해서는 의도적으로 감정 관리하는 습관을 들이고 있었지만, 긍정적인 사건도 감정 관리하라는 한별의 말을 예나는 깜박 잊고 있었다. 그러고 있는데 모르는 번호로 전화가 왔다.

기분이 좋은 상태여서 별생각 없이 그대로 전화를 받았다. 상대는 대뜸 화난 목소리로 말했다.

"너 완전히 소문내고 다녔더라?"

강용수였다.

"뭘?"

"그러게. 뭐라고 할 만한 거리도 없는 걸 어떻게 했기에, 까마득한 후배 놈들이 떼로 덤볐을까? 내가 하도 황당하고 억울해서 전화했어."

예나는 화가 났다. 화가 난다는 것을 알아챘을 때 일부러 감정 조절하려고 애썼다. 심호흡을 하고 간신히 평소보다 나지막하게 목소리를 냈다.

"봤지? 이제 난 혼자가 아니야. 네가 이렇게 몰래 전화 걸어 함부로 해도 되는 사람이 아니라고."

"예전 일로 나를 계속 엿 먹이겠다고?"

"아니, 그게 아니야. 너에게 기회를 주는 거야."

"기회? 무슨 기회? 애들이 날 쫓아내려고 하잖아."

"네가 진심으로 나에게 사과하면 용서할게. 그리고 내가 애들 설득해서 네가 센터 다니는 것도 인정하라고 할게."

"진짜 웃기다. 센터가 너희 거야? 왜 내가 너희 허락받고 다녀야 해?"

"맞아, 센터는 우리 허락 없이도 다닐 수 있겠지. 나는 너에게 더 좋은 인간으로 인정받을 기회를 주는 거야. 맘 편히 다닐 기회를 주려는 거야. 사과만 하면 돼."

"난 사과할 일 없어."

용수는 침을 뱉듯이 말했다. 예나는 감정을 조절하려고 잠시 숨을 멈췄다가 말했다.

"그래? 넌 포기하는 거네. 그 결과에도 책임을 져야 할 거야."

"책임?"

"여기 센터에 있는 애들은 내가 누군지 잘 알고 있어. 나를 지지해 줄 사람 많아. 네가 강간 미수범이라고 소문나도 널 지켜 줄 사람이 있는지 궁금하네."

"뭐? 강간 미수범? 그 정도가 무슨 강간이야."

"그럼 뭐야? 데이트 폭력범은 인정하는 거야? 왜 강간 미수범이라니까 걱정되니?"

"웃기시네. 걱정은 너희가 해야 해. 내가 가만둘 것 같아?"

"또 날 건드리겠다고? 난 언제든 널 고발하고 증언할 준비가 되어 있어. 그때 받은 충격 때문에 상담한 기록도 있어."

예나의 말에 용수는 아찔했다.

"그리고 우리 애들도 건드리지 마. 하긴 쪽 팔리는 거 싫어하는 네가 중학생인 내 남자 친구에게 겁먹어서 도망간 이야기를 다른 애들에게 할 리는 없겠지만."

용수는 숨이 턱 막혔다.

"같이 죽자는 거야?"

"아니, 좋게 넘어가자는 거야. 네가 나에게 사과하면 돼."

"싫다면?"

"우리가 계속 널 지켜보겠지."

"나도 널 지켜볼 거야."

"그래, 내가 애들과 행복하게 지내는 모습 맘껏 구경해. 이제부터는 네가 싫다고 피하지는 않을 거니까."

용수는 전화를 뚝 끊었다. 예나는 잠시 생각을 정리한 다음에 용수에게 문자를 보냈다.

> 이 일로 우리 애들 건드리면
> 널 진짜 강간 미수범으로 고발할 거야.
> 나중에 안 할 일을 말하는 건 협박이지만,
> 진짜 할 일을 말하는 건 설명이니
> 똑바로 알아들어라.

문자에는 답이 없었다. 그 후 용수는 센터에 나오지 않았다. 이 일로 예나와 영승은 자연스럽게 더 가까워졌다.

용수가 사라진 다음, 몇 달이 흘러 새해가 되었다. 앤의 오두막을 오가는 청소년은 그전보다 훨씬 많아졌다. 그러자 그 기세를 몰아 도시재생센터와 별개로 청소년 커뮤니티 센터를 설립하자는 아이디어가 청년조합과 구청 행정관리팀에서 나왔다.

3월 말 새로운 사업 진행 분위기가 더 만들어졌다. 그러자 효묵은 청소년 중에서 가장 열심히 활동하는 예나, 유진, 민주, 영승, 윤수, 은평을 따로 불러서 물었다.

"청소년 전용 커뮤니티 센터가 있으면 좋겠지? 지금처럼 시설 나눠 쓰느라 시간 배정으로 골머리 썩지 않아도 되고 말이야."

"그야 그렇죠."

이제 고등학생이 된 영승이 대답했다. 예나와 다른 학생들도 고개를 끄덕였다.

"새로 만든다면 청소년 센터는 완전 다른 방식으로 운영했으면 해."

"어떻게요?"

예나가 물었다.

"너희가 직접 프로그램 기획부터 실행, 운영 관리까지 다 하는 거지. 자율 운영하는 거야."

"에이, 저희가 어떻게 해요?"

영승이 고개를 저었다.

"지금 열성적으로 프로그램에 참여하는 청소년이 어림잡아 50명은 되지?"

효묵은 회원 관리를 돕는 유진을 보며 물었다. 유진이 웃으며 말했다.

"3월 현재 기획위원과 정기 자원봉사자 합친 수가 42명이에요."

"그거 봐, 우리 도시재생 청년조합 30명보다 훨씬 많잖아."

"그야, 그렇죠. 하지만 학교도 다녀야 하고, 행정 처리도 해야 하고. 자율 운영은 힘들어요."

예나가 끼어들었다. 효묵은 타이르듯이 말했다.

"안 그래도 센터는 자원봉사로 많은 일이 돌아가잖아. 새로 만드는 센터도 그렇게 하면 돼."

"지금 센터에는 아저씨랑 한별 선생님이 있잖아요. 그러니 잘 돌아가지요."

민주가 말했다. 윤수와 은평도 격하게 고개를 끄덕였다. 효묵은 지지 않고 말했다.

"하지만 새로 만들 센터에는 너희가 있잖아."

"저희는 곧 졸업인데요? 졸업하면 청년조합 들어오라면서요?"

유진이 말했다. 효묵이 웃으며 말했다.

"더 잘됐네. 너희가 도와주면 되겠네. 안 그래도 청년조합에서 행정과 금전적인 부분을 도와주려고 했어."

예나, 유진, 민주는 서로를 쳐다봤다. 효묵은 영승, 윤수, 은평을 쳐다보며 말했다.

"하지만 나머지 프로그램 운영과 관리에 대해서는 청소년이 직접 해 보는 게 어때?"

"네? 지금도 비슷하게는 하고 있잖아요? 청소년이 청년과 함께 기획에 참여하고, 청년조합에서 검토하고, 공무원분들이 승인해 주고 있잖아요?"

예나가 말했다. 대학 입시를 대비해 창의적 체험 활동을 하는 차원에서 올해 더 적극적으로 앤의 오두막에 참여하고 있어 영승보다 더 사정에 밝았다.

"우리에게 검토받는 과정이 없어지는 거지. 바로 공무원분들에게 결재받는 거야. 우리의 조언이 필요하면 자문 회의를 하는 식으로 도와주겠지만."

"에이, 저희는 지금도 일이 벅찰 정도인데, 그렇게 하면 일이 되겠어요?"

"역량 부족이다?"

"네."

"그러면 역량을 키우면 되잖아."

예나와 영승은 서로를 쳐다봤다. 효묵이 물었다.

"청소년 센터를 청소년이 자율로 운영하자는 이상은 마음에 드는 거지?"

"이상은요. 하지만 현실은 불가능하죠. 고등학교 3학년이 되면, 잘 나오던 애들도 발길이 뜸해지잖아요. 여기 유진이와 민주는 좀 예외지만. 가장 경험 많은 청소년이 없으니 엄청나게 실수할걸요?"

예나가 말했다.

"그런 논리라면 청년조합은 가장 경험 많은 노인이 이끌어야 하는 거 아니야? 사회 모든 분야에서 노인이 아래에서부터 위까지 모두 차지해야 실수 없이 목표를 이룰 수 있는 거야?"

효묵이 말하자 예나는 아차 싶었다.

효묵은 엄하게 말했다.

"내가 사전부검을 해 봤어. 청년조합이 이끄는 청소년 센터는 결국 청소년 눈높이와 달라서 문제가 생기겠더라고. 그 문제로 청소년의 참여가 줄면 건물만 남고 망하겠더라고. 그러면 다시 도시재생 대상이 되는 거지."

"그럼 어떻게 해요?"

"예나야, 처음에는 참가자였던 네가 기획자가 된 거잖아. 프로그램에 참여했던 청소년이 자기 경험을 바탕으로 좀 더 나은 프로그램을 만들면 돼. 엄청난 전문가로서 기획하라는 게 아니야."

효묵이 힘줘서 말했지만 영승과 예나 등 학생들은 좋다고 말하거나 고개를 끄덕이지 않았다. 그 모습을 보고 효묵이 양 손바닥을 부딪쳐 큰 소리를 냈다.

"자자. 오늘은 그냥 운을 뗀 것이고, 다음 주까지 더 고민해서 다시 이야기해 보자."

영승은 예나와 따로 센터에서 나서며 말했다.

"누나는 내년에 졸업이니, 청소년 팀은 나랑 우리 동기들이 주로 이끌어 가야겠지?"

"맞아. 그래서 나도 걱정이 돼."

예나는 영승을 물끄러미 보면서 아차 싶었다.

"아, 너희가 못 할 거 같아서는 아니야. 지금까지 잘해 왔잖아. 난 여러 기획에 참여하는 것과 센터 운영은 완전 다른 차원이라 걱정되어서 하는 말이야."

"그건 오해하지 않았으니 걱정하지 마. 다만, 누나 말대로 센터 운영은 정말 걱정이야."

"우리 함께 아저씨에게 가서 다시 생각해 달라고 하자."

"어차피 다음 주에 또 이야기하기로 했잖아."

"공식적으로 오늘보다 더 강하게 반기를 들면 아저씨 삐칠 수 있어."

"하긴."

둘은 고양이 쥐 생각해 주는 심정으로 효묵을 찾았다. 효묵은 카페에서 휴식을 취하고 있었다.

"갈 곳 없어 다시 센터 온 거야? 오늘은 이 가련한 커플에게 자비로운 내가 음료를 베풀도록 하지."

효묵은 둘이 좋아하는 과일 음료를 시켜 줬다.

영승은 음료를 들이켜고 눈치를 보다가 먼저 입을 열었다.

"선생님, 드릴 말씀이 있어요."

"뭔데?"

"센터 운영이 한두 명의 희생으로 잘 될 수 있는 게 아니잖아요. 욕심부리다가 망가질까 봐 무서워요."

"망가져? 왜?"

"지금 현실을 보세요. 저마다 학년도 달라 회의 한 번 하려고 해도 일정 맞추기 힘들잖아요. 정말 저희보고 운영하라고요? 학교 다니며 해야 할 공부도 많아 운영이 쉽지 않을 건데요?"

"청년 센터도 대학생이 많이 참여해서 운영하고 있잖아."

예나가 끼어들었다.

"아저씨, 그건 대학생이고, 또 선생님들처럼 여기에 몸과 마음을 다 바치는 분들이 있어서 가능한 거잖아요."

영승이 말을 받았다.

"맞아요. 그분들은 저보다 더 똑똑하고. 능력도 있고…… 물론 여기 있는 다른 학생들도 똑똑하고 능력이 있지만 저는……."

영승의 목소리에 힘이 없어졌다. 그럴수록 효묵은 목소리에 힘을 줬다.

"너는 지금 똑똑하지 않거나 능력이 없는 게 아니라, 자존감이 낮은 거야."

"아니, 저도 자존감은 있어요."

"정말? 자존감이 뭔데?"

효묵의 질문에 잠시 머뭇거렸다가 영승이 말했다.

"자기를 사랑하는 마음이요."

"뭐, 그 말도 완전히 틀린 것은 아니야. 하지만 자기를 사랑하는 마음은 자기애라고 하겠지?"

예나가 대신 대답했다.

"그럼, 자기를 믿는 마음이요."

"그것은 믿을 신 자를 써서 자신감自信感이라고 하겠지?"

영승과 예나는 머리를 굴렸지만 자존감이 무엇인지 잘 떠오르지 않았다. 분명 안다고 생각했는데 효묵이 따지고 드니 아무것도 모르는 듯한 기분이었다.

"자, 앞으로 잘될 것을 두 손 놓고 막연히 믿는 것은 자신감일까 자존감일까?"

"자신감?"

영승이 조심스럽게 대답하자, 효묵이 말했다.

"땡! 자신감도 자존감도 아니고 망상이야. 자신감은 뭔가에 도전할 때 자신이 잘 해내리라 믿는 거야. 절대 가만히 있는 게 아니라고. 이런 종류의 자신감은 심리학에서는 자기 효능감이라고도 해."

영승은 짜증이 섞인 목소리로 물었다.

"그럼 대체 자존감은 뭐예요?"

"자존감自尊感의 한자를 따로 떼어내서 하나씩 생각하면 쉽게 답을 찾을 수 있어. 자존감은 자기를 존중하는 마음이야."

영승과 예나는 고개를 갸웃거렸다. 예나가 따졌다.

"아까 말했던 자기를 사랑하는 마음, 자기를 믿는 마음과 별로 차이가 나지 않는데요?"

"맞아, 하지만 존중이라는 단어가 있다는 것을 잊지 마."

"네?"

효묵은 예나에게 말했다.

“자기를 사랑하고 믿는 것은 자기 내부에서 결정하는 거야. 그런데 존중은? 사회적 가치도 고려해야 하는 거지. 만약에 사회적으로 존중받지 못할 죄를 저지른 사람이 자기를 존중하면 될까? 아니면 죄책감을 느껴야 할까?”

“당연히 죄책감을 느껴야지요.”

“맞아. 그런데 죄책감을 가져서 반성하고 더 좋은 사람으로 거듭나 사회적으로 존중받을 만한 일을 했을 때는 자기를 존중해도 될까?”

“그때는 당연히 그렇지요.”

“맞아. 결국 자존감은 자기가 존중받을 만한 행동을 하는 것과 관련이 있네. 그렇다면 청소년 센터 운영과 같은 일은 존중받을 만한 일일까?”

“네, 당연히 존중받을 일이지요.”

효묵은 예나와 영승을 번갈아 보면서 말했다.

“그런 존중받을 일을 한다면 너희는 자존감이 높아질 거야. 누가 뭐래도 네가 존중받을 만한 일을 한다고 인정하니까.”

영승은 미간을 찡그리며 천천히 말했다.

“아……, 그래도 아직은…….”

효묵이 말했다.

“앞일을 생각하면 복잡해져. 과거로 돌아가 보자. 너는 지난번 디제잉 파티 이벤트 기획하는 일은 잘했다고 생각하니?"

"개인적으로는 재미있고 보람 있었지만 사회적으로는 잘 모르겠어요."

"중학생 기획위원 중에 창의적 의견이 가장 많이 채택돼 상 받은 사람이 누구지?"

"저요."

영승은 부끄러워하며 대답했다.

"우리가 왜 상을 줬을까? 네가 상 받을 만한 가치 있는 일을 했기 때문이겠지? 너는 존중받을 만한 일을 했는데도 그걸 인정하지 않으면 뭐다? 그게 자존감이 낮은 거야. 반대로 존중받을 만한 일을 하지 않았는데도 자기는 존중받을 만하다고 인정하면 그게 뭐다?"

"자존감이 높은 거?"

"아니, 망상이 심한 거야."

영승은 계속 틀리니 무안해서 예나를 보며 뒷머리를 긁적였다. 예나는 그런 영승을 귀엽다는 듯이 쳐다봤다.

효묵은 진지하게 말했다.

"자존감이 높은 사람은 자신이 존중받을 만한 일을 했다는 것을 부정하지 않고 있는 그대로 인정하며 다른 사람 앞에서도 있는 그대로 말하는 사람이야. 잘난 체하려고 과장하지 않고 있는 그대로. 있던 일을 없다고 부정하지도 않고."

영승은 고개를 천천히 끄덕였다.

"자존감이 낮으면 상처받기 쉬워. 자기가 존중받을 만하지 않다는 생각에 남 앞에서 자기를 드러내지 않아. 자기가 받아야 하는 상도 남에게 양보하고 나서 후회하고 좌절하지."

효묵은 영승에게 부드럽게 말했다.

"그래서 자존감 높은 사람이 될 기회를 잡아야 해. 원래부터 자존감이 높은 사람도 있겠지만, 대부분은 자존감을 높이려고 노력해서 실제로 높은 자존감을 느끼게 되지. 악순환이 아니라 선순환이 일어나."

"선순환?"

"자존감이 높으면 자신의 주장을 당당하게 펼 수 있어. 그리고 자신의 가치와 능력을 믿기에 어떤 일에든 기꺼이 도전하지. 도전해서 좋은 결과를 얻고, 그래서 더 자존감이 높아져."

효묵은 예나와 영승에게 청소년 커뮤니티 센터를 통해 많은 청소년이 자존감을 키울 기회를 더 많이 얻게 될 것이라고 말했다. 영승은 천천히 고개를 끄덕였다. 아까보다는 훨씬 긍정적이 되었지만, 효묵이 원하는 수준은 아니었다.

효묵은 전체 청소년의 자존감을 높이지 않고서는 센터 설립 기획이 잘 되지 않을 것을 직감했다. 영승을 보내고 나서 효묵은 한별과 이 문제를 상의했다.

효묵으로부터 사정 이야기를 들은 한별이 말했다.

"아무리 좋은 것이라고 해도 억지로 할 수는 없어. 마음의 준비가 되어 있어야지."

"그 준비를 우리가 해 주면 어떨까?"

"난 꼭 센터 설립을 위해서 하자고 하면 싫어. 그저 애들을 위해서 심리 강화 훈련을 한다는 목적이라면 도울 마음은 있어."

"그게 그거잖아."

"아냐, 달라. 센터는 공간이고, 애들은 사람이야."

효묵은 잠시 생각에 잠겼다가 입을 열었다.

"좋아. 결국 자율에 맡길 수 있는 애들이 없다면 내가 바라는 자율 운영 센터를 만들 수도 없고, 만들어서도 안 되니까."

한별은 상담사가 되고 싶은 예나와 상호작용하면서 청소년용 자존감 강화 프로그램을 만들었다. 자존감 강화 프로그램을 통해 자신의 과거와 현재와 미래를 확인하면서 청소년들은 석 달 좀 안 되는 동안 다른 일 없이 집중적으로 역량을 키웠다.

6월 말, 예나와 영승이 센터를 찾은 지 1년 무렵이 되었다. 1년 전만 해도 연상 연하 커플이 되거나, 청소년 커뮤니티 센터 건립 타당성 조사를 위한 시범 사업으로 여름 방학에 진행할 프로그램을 처음 기획부터 운영 및 정산까지 다 주도하리라 꿈도 꾸지 못했다. 그저 자신의 문제를 해결했으면 좋겠다는 답답한 마음으로 찾았던 곳을 운영하게 되다니. 자신도 믿지 못할 정도로 상황이 바뀌었다.

예나와 영승은 대단한 사업은 대단한 인물이나 하는 것이라 생각했었지만, 지금은 아니었다. 자신들이 실수를 통해 더 많은 것을 배운 것처럼, 앞으로도 계속 실수하면서 성장할 자신이 있었다.

"우리처럼 젊은 사람들은 잘하는 것이 아니라, 자라는 게 더 중요해."

자존감 강화 체크리스트 사용법을 알려 주면서 했던 한별의 말이 모두에게 용기를 줬다.

여름 방학에 진행할 프로그램으로 예나는 '닥치고 야외 수업'을 만들었다. 음악을 듣고 노래하는 프로그램을 한 달간 운영했다. 가슴이 터져라 합창하기도 하고, 조용히 다른 사람의 노래를 듣기도 했다. 노래를 왜 좋아하는지 이야기하고 함께 그 노래를 떼로 불러도 좋았고, 혼자 불러도 좋았다. 선택은 그날 순번이 돌아온 참여자 몫이었다.

예나는 마음이 담긴 노래와 사연을 소개하는 내용의 동영상을 유튜브 채널에 차근차근 올리며 수시 전형을 준비했다. 유진과 민주 등 여러 명의 학생이 돌아가면서 진행자를 맡아 예나를 도왔다. 은평은 추가로 감상용 음악을 선곡하거나 직접 작곡했다.

유진은 청소년 교육이나 봉사를 하는 사회적 기업에 대한 꿈이 생겼다. 자신처럼 자원봉사 시간 때우기가 아니라, 청소년이 스스로 꿈을 찾을 수 있게 도와주고 자기 꿈과 연관된 봉사 활동으로 꿈을 현실에서 더 구체화할 길을 보여 주는 사회적 기업을 만들고 싶다고 생각했다. 그래서 일단 센터에 있는 여러 가지 일을 조사했다.

경영, 홍보, 제작 등의 업무로 나눈 다음에 각 분야에 맞는 자원봉사 목록을 만들어 학생들의 신청을 받았다. 참여 후기를 자세히 쓰는 조건으로 진행해서 미진한 부분을 채우며 자신의 꿈에 더 다가갈 수 있도록 했다.

민주는 가족 소통 방법에 대한 강좌를 개설했다. 민주는 한별의 추천을 받아 강사를 섭외하고 강의실을 세팅하고 참여자 후기를 받는 일을 하며 여름을 보냈다. 자신과 같이 몸은 집에 있어도 마음을 편히 해 주는 마음의 집에 가고 싶어 하는 청소년이 많다는 사실을 깨닫고 나중에 소통 연구자가 되어야겠다고 결심했다.

영승은 '오두막 함께 짓기'를 기획했다. 재활용품을 모아서 센터를 꾸미는 프로젝트였다. 청년조합이 만든 앤의 오두막과는 다른 분위기로 청소년 카페를 만들기 위함이었다.

윤수도 조립하고 디자인하는 데 재미를 느껴, 나중에 청소년 커뮤니티 센터가 만들어지면 전시할 만한 다양한 소품을 함께 만드는 프로그램을 진행했다. 공방을 운영하는 전문가들의 도움을 받아 진행하며 좋은 기술과 관점을 얻었다.

은평은 청소년 전용 디제잉 파티 전체를 기획하고, 진행하는 일을 맡았다. 그것을 하나의 체험 프로그램으로 만들었다. 학교 조별 과제처럼 서로 일을 미루거나 무임 승차자가 없도록 설계할 때는 효묵의 도움을 많이 받았다.

은평은 동료에게 자원봉사자 모집을 부탁하기도 하고, 예나에게 선곡을 모니터링받기도 하고, 영승과 함께 다른 센터와 가게에 가서 파티장 소품으로 쓸 만한 것들을 대여하거나 저렴하게 사서 변형시키기도 했다. 그러는 과정에서 자신이 음악 쪽만이 아니라 문화 기획에 적성이 있음을 깨닫고 더 알아볼 생각이 생겼다.

다른 청소년도 다양한 프로그램을 준비했다. 그 과정에서 도시의 버려졌던 공간은 열정적인 사람들의 숨결로 채워졌다. 청년조합원들은 미래의 동료인 청소년들을 바라보며 흐뭇해했다.

2년 후에 결혼하기로 한 효묵과 한별은 청년조합원들을 위한 공동주택 짓는 일에 몰두하기 시작했다. 영승과 예나도 진행 상황이 궁금해서 회의를 참관하겠다고 했다. 청년조합원들을 보면서 영승과 예나의 꿈이 더 커졌다. 더 많은 사람과 더 오래 가는 길을 찾고 싶었다.

청소년 센터 건립을 위한 회의도 활발했다. 새로 무언가를 기획하는 일을 좋아하다 보니 학생들이 하는 회의는 계속 길어졌다. 특히 아직 다 채워지지 않은 공간을 꾸미는 일에 대해 아이디어가 쏟아졌다.

어느덧 토요일 밤 11시가 넘었지만, 누구도 자리를 뜨지 않았다. 숨 막히던 여름이 끝을 보이고, 가을을 시작하는 기운을 담은 달이 환하게 세상을 비추고 있었다.

생각의 징검다리

자존감 높이는 방법 ?!!

자존감을 높이려면 자존감이 무엇인지 잘 이해해야 합니다. 본문에서도 말했듯이 자존감은 자기애, 자신감 등과 다릅니다. 자존감이 높다는 듯이 행동하지만 자기애에 불과한 행동으로 물의를 일으켜 뉴스에 나오는 경우도 있지요?

자존감은 존중받을 가치가 핵심이에요. 자신과 사회 모두 인정할 수 있는 '존중받을 가치'가 있는 일이라고 해서 엄청나게 위대한 일을 생각할 필요는 없어요. 공중도덕을 잘 지키거나, 시간 약속을 잘 지키는 것도 존중받을 만한 일이지 않나요? 슈퍼 히어로 영화의 주인공처럼 정의로운 용사가 되어 세계 평화를 놓고 악당과 싸워야만 존중받을 수 있는 것은 아니에요.

자존감을 높이려면 존중받을 일을 잘 찾아야 해요. 세상에는 존중받을 좋은 일로 뉴스에 소개되는 사람도 있어요. 그들을 역할 모델로 삼고 따라 하려 노력해 보세요. 뉴스에 소개되지 않아도 주변에서 인정받는 좋은 행동이 있다면 그것을 실행하려고 해 보세요. 자, 여기서 질문. 실행하기 쉬운 것부터 시작해야 할까요? 아니면 여러분 가슴을 확 휘어잡을 정도로 인상적이지만 실행하기 어려운 것부터 해야 할까요?

실행하기 쉬운 것부터 해야 성공할 확률이 높겠지요? 사소해도 가치 있는 일에 대한 성공 경험이 많을수록 자존감이 생기겠죠? 티끌 모아 태산이라는 말처럼요.

혹시나 실행하기 쉬운 일을 하라는 말을 목표를 무조건 낮게 잡으라는 말로 오해할 수 있어요. 하지만 그런 게 아닙니다. 지금 구체적으로 실행할 수 있게 목표를 잡으라는 말이지요. 예를 들어 어떤 사람이 '기획 잘하기'라는 목표를 세웠다면 어떤가요? 가치 있는 목표인 것은 맞아요. 하지만 "기획을 위해 매일 새로운 정보 한 개씩 찾아 읽기"와 같이 구체적이지는 않아서 실행 가능성이 높지 않지요. 단지 쉬운 게 아니라 구체적이어야 해요. 그래야 나중에 실행 결과를 객관적으로 확인할 수 있어서 어떤 사람이 근거 없이 공격할 때에도 방어할 수 있어요.

"넌 기획을 잘 못 해."

"아니, 일단 매일 한 개씩 아이디어를 찾으려고 석 달째 노력하고 있어. 언젠가 이 노력이 밑거름되어 좋은 기획도 하게 될 거야."

어때요? 자존감 높은 사람의 말처럼 느껴지지요?

구체적인 목표를 세울 때는 숫자를 넣는 게 좋아요. "1주일에 한 권 읽기", "회의할 때 아이디어 한 개 내기"식으로요. 그래야 버거우면 2주에 한 권 읽기, 두 번 회의 중 한 번은 아이디어 하나 내기 식으로 바꿔 가면서 계속 도전할 수 있어요. 계속 도전하다 보면 자존감도 쌓이겠지요.

지금까지는 자존감에서 '존(尊)'에 해당하는 설명을 많이 했지만, '자(自)'도 중요합니다. 특히 청소년기에는 자아(自我)를 형성하는 때라서 자아의 내용이 역동적으로 변합니다. 자아에 따라서 자존감의 내용도 역동적으로 바뀌지요.

예를 들어 "나는 힘을 잘 쓴다."라고 자신을 생각하는 사람과 "나는 머리를 잘 쓴다."라고 생각하는 사람은 가치 있다고 생각하는 행동도 다르고, 자존감 향상을 위해 도전하는 내용도 다를 것입니다. 그런데 청소년기에는 자신에 대한 생각이 자주 변하기 때문에 일관되게 자존감을 향상하기가 어려워요.

자주 변하는 것도 문제이지만, 그 내용이 내면적인 속성보다는 주로 외모, 몸매, 행동 특성 등 외형적 요인에 치우쳐 있지요. 자아는 다른 사람과 구별되는 자기 자신의 고유한 특성을 고민하고 그 결과로 얻을 수 있는 개념이에요. 그런데 경쟁에 익숙해지다 보니 다른 사람과 비교하여, 공통점이나 차이점을 찾는 식으로 자기를 정의하려고 합니다. 이렇게 외형적 특성이나 타인과의 비교 말고 자기 내면을 더 살펴봐야 자존감 향상에 도움이 됩니다.

자존감 향상에 도움이 되는 자아 탐구 질문은 크게 네 가지입니다.

"나는 무엇을 할 때 기분이 좋은가?"

"나의 장점과 단점은 무엇이며, 그게 나에게 어떤 영향을 주는가?"

"나는 나중에 무엇이 되고 싶은가?"

"나에게 다른 사람과 세상은 어떤 의미가 있는가?"

이런 식으로 '나'로 시작해서 나의 감정과 이성, 의지 등을 두루 대상으로 삼아 시간을 들여 질문하고 답해 보는 게 좋습니다. 이때 자존감이 높은 청소년은 어떤 모습일까요? 뭔가 끊임없이 배우는 것을 좋아하고, 새로운 것에 도전하고 싶어 하고 주변 사람들에게 사랑받고 인정받는다고 느낍니다. 미래에 대해서도 긍정적이고, 자신의 장단점을 알고 있어서 다른 사람이 너무 치켜세우거나 너무 깎아내릴 때도 많이 흔들리지 않아 정서적 안정감이 있습니다. 자신뿐 아니라 다른 사람의 의미도 살폈기 때문에 공감 능력이 있고, 의사소통을 잘하여 좋은 관계를 맺습니다.

이에 비해 자존감이 낮은 청소년은 기분이 좋아야 할 행동에도 죄책감을 느끼기 때문에 자신을 존중하기 힘듭니다. 자신을 다른 사람보다 열등하다고 여기고, 조직에서 비교당하는 것을 싫어하니 단체 활동을 거부하려고 합니다. 실패할까 봐 두렵습니다. 자기의 약함이나 실패를 감추기 위해 다른 사람을 비난하고 공격하니 사회적 관계도 좋지 않습니다.

자존감이 강하면 다른 사람에게 도움을 요청하지 못한다는 말은 오해입니다. 자존감이 강한 사람은 타인의 시선에 대한 걱정보다 자신에 대한 존중과 믿음이 더 강해서, '나는 지금 도움이 필요하고, 이런 일에 도움을 받는다고 해도 나는 여전히 나야.'라는 의식 때문에 당당하게 도움을 요청할 수 있습니다. 그리고 남을 도와줄 힘이 있다고 생각해서 도움도 주니 사회적 관계가 좋습니다. 좋은 사람을 많이 만나고, 그 좋은 사람들이 자신을 좋은 사람이라고 평가하니 자존감이 계속 강해지는 궤도에 오르게 됩니다.

자존감이 약하면 자신을 방어하고 보호하려고 부담되는 상황을 회피하는 전략을 씁니다. 진짜 자기가 존중할 만한 가치가 없다는 게 드러날까 봐 미리 포기하고, 도움을 요청하는 것도 자신이 약하다는 것을 드러내는 것 같아 바로 포기하니 사회적 관계가 좋지 않습니다. 자신이 힘들 때 가치를 인정하면서 기운을 북돋아 줄 사람이 없다 보니, 자기 비난에 빠지고, 그러면 자존감이 계속 약해지는 악순환을 겪기 쉽습니다.

자존감이 높은 청소년이 되려면, '자아'와 '존중'과 관련된 실문을 계속 하면서 자신이 인정할 만한 답을 찾아야 합니다. 겉으로 보면 다양한 방법이 있지만, 원리는 자존감이란 단어에 이미 있는 가치에 집중하는 것 뿐입니다.

추천 도서

《자존감의 여섯 기둥: 어떻게 나를 사랑할 것인가》, 너새니얼 브랜든 지음, 김세진 옮김, 교양인, 2015.